Cloé Korman est née à Paris en 1983. Elle a étudié la littérature, en particulier la littérature anglo-saxonne, ainsi que l'histoire des arts et du cinéma. Elle a vécu deux années à New York et voyagé dans l'ouest des États-Unis, de la Californie au désert d'Arizona. *Les Hommes-couleurs*, son premier roman, a reçu en 2010 le prix Valéry-Larbaud et le prix du Livre Inter.

DU MÊME AUTEUR

Les Hommes-couleurs
Seuil, 2010
et « Points », n° P2845

Les Saisons de Louveplaine
Seuil, 2013
et « Points », n° P3341

Tu ressembles à une juive
Seuil, 2020

Cloé Korman

MIDI

ROMAN

Éditions du Seuil

TEXTE INTÉGRAL

ISBN 978-2-7578-7595-7
(ISBN 978-2-02-140355-8, 1re publication)

à Vincent

Première semaine

« À bord d'un navire, en mer »

Je ne me souviens pas de tous les noms, ni de tous les visages. Il faudra que je demande à Manu si elle peut retrouver la liste.

Mais je me suis souvenue de notre arrivée à la mairie de secteur du deuxième arrondissement de Marseille, elle et moi, le 6 juillet 2000. Je nous revois attendant dans le couloir du service de la jeunesse, des sports et des loisirs avec dans des pochettes plastique nos CV, brevets d'animatrice et papiers d'identité pour le rendez-vous avec la chargée de mission qui nous avait recrutées. Elle apparaît dans l'encadrement de sa porte, auréolée de prospectus pour les randos, la médiathèque, le soutien scolaire, les cours de poterie, de yoga, les samedis ciné-voyage, et de dessins d'enfants. En jean et blouse ajourée, roulant une cigarette devant ses seins, elle nous dit d'entrer mais qu'elle a pas beaucoup de temps. Il y aura vingt enfants dans le groupe : dix garçons et dix filles. « *Viens pépite, viens petite* » – la pièce est emplie d'une douce musique qui provient de la rue et s'élève par la portière ouverte d'une voiture stationnée là en bas, qui attire très souvent la chargée de mission jusqu'à la fenêtre. Revenant à nous, elle prend nos cartes d'identité et elle nous nomme en nous dévisageant, toutes les deux, « Emmanuelle Auber » et « Claire Novales ». Puis elle nous transmet nerveusement la liste de noms manuscrite, que je voudrais relire aujourd'hui, les vingt écritures de parents ou d'animateurs qui les avaient inscrits pour les vacances, avec les vingt dates de naissance. La musique résonne de plus en plus fort dans la rue encaissée et au cours du dialogue qui va suivre, en voici les paroles retracées par ma mémoire aussi fidèlement que possible malgré le micro qui vibre et qui crache, quelque chose comme : « *Alors, chienne, tu connais ta peine ? Allez, chienne, tu veux que j't'éveille ? Si tu veux que j't'aime, pourquoi tu t'fais la belle ? C'est quoi ton kif ? C'est quoi ton trip ? C'que tu veux j'te l'donne alors viens et te donne.* » La chargée de mission retourne à la fenêtre, se penche et demande : « Eh Tonio ! Tu peux baisser le son s'il te plaît ? Je vais te faire rêver moi si tu continues. » Mais le son augmente, la chanson se poursuit : « *J'veux t'connaître ma chérie, toi et moi faut qu'on crie. Ton cul m'fait vibrer, ton style me fait darder, alors viens goûter bébé, viens tenter, poupée, viens...* » Manu remarque qu'il y aura plusieurs anniversaires d'enfants pendant la période et qu'on pourra les fêter. On entend un coup de klaxon. « *Viens pépite, que je t'habite, viens petite, que je t'excite.* » La chargée de mission pointe dans la liste un cas d'asthme et un cas de diabète, à voir avec l'infirmière : il faut juste veiller à leur traitement à heure fixe, et prévenir en cas de problème. Je lui rappelle que je suis justement étudiante en médecine mais ça ne l'émeut pas. Le gros terminal téléphonique qui est posé sur sa table émet une phrase de sonate pour piano, une douzaine de fois de suite, elle finit par décrocher en priant son interlocuteur de l'attendre et en précisant qu'elle arrive. Elle raccroche et ça reklaxonne. Je précise que j'entre en deuxième année, « on commence les stages à l'hôpital », elle lève un sourcil et me regarde comme si je venais d'essayer de lui parler de religion ou de spiritualité. La musique s'arrête et Radio Grenouille annonce une session funk ce soir au Big Ben à Cassis, le thème : « Get Tog&ther », et le téléphone recommence à sonner. La chargée de mission nous dit qu'on fera connaissance lundi avec l'équipe, cuisinier, concierge, femme de ménage, et que les enfants arriveront l'après-midi. Manu demande : « Mais pour l'encadrement, on devait pas être trois ? » J'ajoute : « Quand est-ce qu'on retrouve Dominique Müller ? » La chargée de mission remue le bazar sur son bureau, des Post-it verts et roses en forme d'étoiles, sa pochette d'Amsterdamer au caramel, des Mentos, un pot de fond de teint Bourjois, des préservatifs Manix, des feutres multicolores garantis sans desséchement échappés de leur pochette, un rimmel qui fuit, des boîtes de vitamines, et nous tendant un trousseau de clefs : « Oui, Dom va vous rejoindre, il est à la bourre cette saison. Il est pas encore rentré de son chantier. C'est pas grave, c'est juste que vous pouvez pas faire de sortie avant qu'il arrive, vous avez qu'à rester au théâtre, faire des animations. Désolée franchement, à cause de la sécurité les sorties c'est trois encadrants ou rien donc c'est pas grave vous annulez le palais Longchamp mercredi et vous faites le pique-nique dans la cour, les gosses ça leur fait pareil. Tiens, ça c'est les clefs pour l'appart, il est juste au-dessus du théâtre. » Une nouvelle musique retentit, en bas, qui parle de relations hommes-femmes dans un sauna avec un ampli et des baffles. Elle ajoute : « S'il y a des problèmes genre sociaux, avec les familles, ou des enfants difficiles, il faut voir avec l'assistante sociale qui est ici ou avec les grands frères comme Tonio qui est en bas. » Le téléphone sonne à nouveau, elle décroche et tire sur le fil pour pouvoir répondre dans le combiné tout en parlant par la fenêtre : « Ouais j'descends. » À nous : « De toute façon s'il y a le moindre souci vous m'appelez. » Puis elle nous indique l'adresse du Théâtre d'Été, le petit théâtre associatif où nous allons travailler ces quelques semaines et qu'elle a entouré au Stabilo bleu sur un plan de Marseille photocopié : là.

Je vois le profil de la baie, les îles du Frioul, les noms des rues qui s'escarpent.

Je rêve de ce théâtre où viendront bientôt les enfants.

Je me souviens aussi de notre arrivée, quelques heures avant. On est descendues dans la ville par les hautes marches de la gare Saint-Charles, harnachées de nos gros sacs à dos mais légères comme deux parachutes. Puis on a traversé par la rue des Petites-Maries comme des petites putes que tout le monde siffle, entre les murs ocre et les volets écaillés, entre les souvenirs impériaux gardés, en haut, par les cariatides aux bras nus, en bas par les kebabs et les marchands de couleurs.

L'un, nous envoyant un baiser : « Vous voulez que je vous indique Marseille ? » Et quelques mètres plus loin : « Eh, belle ! Tu suces ? »

Qu'est-ce qu'on portait ce jour-là, de plus ou de moins ? Je ne sais plus. Une allure, un visage que toute notre vie d'après nous chercherions à nous remémorer.

On a pu se disputer au bout de cent mètres parce que au lieu de continuer Manu a fait étape dans une épicerie pour acheter du savon noir et un gant de gommage, alors que j'étais plutôt pressée de déposer notre barda et de remplir le frigo.

Chemin faisant, on a bien essayé, depuis une cabine, de joindre Dominique Müller, mais celui-ci ne répondait pas. On a laissé des messages. La voix sur son répondeur était bien celle que nous avions aimée quelques semaines auparavant, quand il nous avait appelées pour nous confirmer qu'on venait bosser avec lui, dans son théâtre. J'ai demandé : « Tu crois qu'il a quel âge ? – Je sais pas, on verra bien. » Manu a haussé les épaules. Cette voix lui avait plu autant qu'à moi. Elle a ajouté : « Tu le rappelles si tu veux, moi j'en ai pas besoin. »

En repensant à la liste des enfants, je retrouve certains noms qui se forment au bout de mes lèvres, qui se dessinent dans ma mémoire comme des écumes laissées par la mer. Des vingt enfants dont nous avions la garde, je commence à revoir certains traits, leurs dégaines. Je me répète certains prénoms qui me reviennent, Antoine ou Bastien, et Marcel, et Farid. Léa, Louise. Les noms de famille ayant pour ainsi dire à peine existé dans ce cercle de quelques semaines que nous avions tracé au Théâtre d'Été, à Marseille, l'été 2000.

Je me rappelle Bastien Terreno par exemple : au sein de l'équipage du traître Antonio, il incarnait un des personnages les plus notoires et les plus vaillants de cette *Tempête* de Shakespeare que nous adaptions pour les enfants. Il fallait juste éviter qu'il se retrouve en manque d'insuline, mais avec sa chemise blanche, sur laquelle sa mère avait cousu une anse marine à côté du blason de l'OM, et son jean coupé et frangé, et tant qu'il n'avait pas à dire trop de lignes de texte, car il était bègue, il endossait ce rôle en étant le plus habile pour hisser la voile, rouler les cordes. Je lui faisais ses piqûres discrètement, à midi, tout le monde savait mais il voulait être protégé des regards des autres. Un jour qu'il venait de sortir de scène, tandis que je roulais sa manche sur son petit bras de moussaillon, il m'a demandé : « Tu crois que c'est à quelle époque qu'ils ont inventé l'insuline ? – Je ne sais pas… Peut-être au début du vingtième siècle. Quand la médecine a fait des gros progrès. » Il m'a dit alors à l'oreille : « Sur ce bateau, je sais pas si j'aurais survécu. Il n'y aurait pas eu d'insuline, et je n'aurais pas pu y aller. » Oui, je repense à Bastien Terreno, qui était si bien entraîné à emporter toutes ses affaires d'infirme partout où il allait. Qui avait une mémoire d'éléphant pour le texte et tant de mal à le dire. Je me demande ce qu'il est devenu, si aujourd'hui je pourrais croiser le jeune homme magnifique qui a dû naître de sa silhouette un peu trop épaisse à cause de sa maladie, plus lente à se déplacer sur la voilure que celle de ses camarades, maigres et furtifs comme des araignées. Puisque la lumière prend sur nous une avance infinie, et que peut-être les enfants projettent leurs contours dans l'avenir comme des rayons de cinéma, je me dis qu'enfin, aujourd'hui, je pourrais peut-être rencontrer le jeune homme qui se dessinait. Et par intuition, ou pour me rassurer certains soirs de blues parce que je m'inquiète pour mes propres enfants ou que je me sens vieillir, je me dis que c'est un homme qui va bien. Et plus je médite sur le sort de Bastien Terreno, tout en continuant à rencontrer des patients de tous les âges, de toutes les statures, et plus je suis convaincue de cela parce que je me souviens combien il a été aimé, soigné. Parce que furent cousus des blasons de foot et de compagnies maritimes sur ses chemises, et qu'il fut prévenu plus tôt de sa fragilité, pour l'apprivoiser et la faire sienne, bien avant d'autres qui se retrouvent pris au dépourvu et forcés d'improviser. Parce que furent rangés dans son sac à dos chaque matin un vêtement de rechange, sa seringue d'insuline, et un jeu de cartes pour l'aider à être populaire auprès de ses camarades.

Avant même de les connaître nous réfléchissions à la distribution des rôles, qui jouerait quoi, et de temps en temps je ne me souviens plus du nom d'un enfant, seulement de son personnage. Je les appelle Miranda ou Gonzalo – en fait, je me rends compte que je ne connaissais pas toujours leur état civil. Et je les vois réunis sur le plateau de théâtre avec leurs identités de contrebande et leurs vraies angoisses, pour réussir l'exercice simple et diabolique de se tenir debout avec les bras le long du corps et sans rien faire : juste respirer. Je me souviens des masques, des costumes et du mot « répétition » qui éveillait une excitation fantastique, le bonheur d'avoir rendez-vous dans trois semaines, deux semaines, trois jours – il est rare que la vie t'offre plus tard de tels comptes à rebours vers la joie. Une forêt fabriquée en branches de laurier et bidons d'essence. Une fresque consacrée au thème des forêts méditerranéennes. Des robes en tulle vert et mauve taille dix ans et des colliers en strass. Objets abandonnés, dans un sable lourd et visqueux où les perles se changent en vieux mégots.

La Tempête commence là. D'après ce que je sais de cette histoire, des naufragés de différentes époques se retrouvent sur une île déserte. Ils abordent à son mystère. Comment parlent-ils ? Comment parlent-ils à travers la bouche des enfants de dix ans qui seront les héros de cette pièce, qui incarneront ses personnages ? Leur chair fraîche, leurs cris, leur envie de rompre là pour aller jouer, les dissipés, les appliqués, les gros ou les pas beaux, les divas, ils seront forcément plus intéressants que les mots, qui resteront à traîner dans le sable en attendant qu'on les ramasse, éparpillés au milieu de leurs traces de pas menues, pointure 35 ou 32, à côté d'une branche de palmier, d'un os de seiche que la marée viendra récupérer.

* * *

J'ai arrêté le théâtre en amateur, je suis devenue médecin.

Dans le service de médecine interne où je travaille, des fois je sauve, des fois je ne peux pas. J'ai appris à cette époque que certains rivages sont inaccessibles, qu'il ne sert à rien de ramer avec mon canot et ma trousse de secours pour aborder ceux-là. Un nouveau patient a demandé à me voir ce matin. Il a dit, précisément, « le docteur Claire Novales ». L'interne est très calée, très performante, je lui dis je te délègue, j'ai pas le temps, occupe-toi de ce monsieur, et je vais de galère en galère de huit heures du matin à dix-neuf le soir, les urgences qui t'appellent pour des maladies infectieuses qui n'ont même pas de nom, la réunion budget avec les administratifs, le vieil homme entré pour une fièvre banale qui se change en infarctus. Vers le soir, j'ai oublié l'homme du matin. Je m'apprête à partir, l'interne qui a fait la prise en charge me rappelle à l'ordre, elle me dit il est stable, ça va mieux. Pourquoi a-t-il besoin de moi en ce cas ? « Je sais plus quoi faire avec lui. – C'est quoi en vrai ? » Elle me tend le dossier : c'est une hépatite C au dernier degré, celle de quelqu'un qui a arrêté de se soigner depuis bien longtemps.

« Il dit qu'il vous connaît. »

Je sais. J'ai reconnu le nom. « Vous dites qu'il est là depuis combien de temps ? » Je contemple son dossier comme si je n'en avais jamais vu de pareil, de ces pochettes grises à en-tête de l'hôpital, avec un caducée turquoise. « Hier soir. » Et je répète, « Hier soir… » On a marché jusque devant sa chambre. J'ai cette pochette entre les mains, j'ouvre la couverture en carton sur laquelle a été agrafée à la va-vite une échographie qui n'est pas bonne, oh non, elle n'est pas bonne. « J'y vais. »

Je ne sais pas ce qui m'a pris, de rentrer comme ça. J'ai ajouté depuis le seuil, en le voyant dormir : « Mais ne lui dites pas que je suis passée. » Cela prouvait bien que je savais qu'il ne fallait pas y aller. Le fait qu'il m'appelle n'était pas une raison suffisante pour me mettre dans cette situation. Il aurait fallu que je refuse.

Je franchis la porte. Sur le lit médicalisé, le visage que je regarde est si maigre qu'on dirait la peau d'un animal qu'on ferait sécher sur ses propres os. Pourtant je me souviens illico du visage, et de la voix m'appelant depuis le salon, à midi. À quoi pense-t-il à présent ? Dans l'état où il se trouve, fait-il encore des milliers de plans et de projets de voyage, comme à cette époque lointaine d'où il me revient ? Je revois le jeune homme, dans les diagonales de lumière qui transpercent les lattes des volets clos en se chargeant de poussière, de coups de klaxon et d'autres bruits de la ville, des souffles de la sieste. Il crayonne sur les pages d'un livre. Je sens l'odeur des melons entaillés dont les pépins mûrissent sur la planche en compagnie d'une mouche. Le livre : peut-être *La Tempête*, pour préparer les scènes des enfants, peut-être autre chose, une bande dessinée, ou rien, son attente ni triste ni désemparée mais agitée de plus de pensées et de désirs que la journée ne pourra jamais en exaucer.

Je suis restée quelques minutes dans la chambre. Pendant qu'une infirmière contrôlait sa température, je leur tournais le dos en m'absorbant dans les pages du fameux dossier gris. Analyses de sang : catastrophiques. Les défenses immunitaires d'un moineau. Et la synthèse de l'entretien avec l'interne : « Le patient a cessé tout traitement depuis 2013. » Il avait ajouté à la main, à mon avis sur la demande de Dom dont il n'avait pas dû comprendre l'humour : « À l'exception du paracétamol pour les douleurs. »

J'ai voulu sortir, à nouveau sans qu'il me voie, en regardant par terre avec la naïveté de ces enfants qui croient qu'en se cachant les yeux ils se retrouveront cachés aux yeux des autres. Il doit dormir, ai-je pensé en me fiant au silence plein d'odeur de Javel qui régnait dans la pièce, qui semblait neutraliser les rêves, les émotions, il ne peut pas me voir, ni m'entendre. Il dort, je n'ai rien à craindre : et arrivée à la porte, j'ai levé la tête vers son lit.

Et il me regardait bien sûr. Ses yeux ne m'avaient pas quittée un seul instant. Il s'est redressé. Il était dix fois trop maigre. Des dessins verts et bleus dépassaient des manches de son pyjama : des tatouages qu'il n'avait pas avant. Mais d'où j'étais, je n'arrivais pas à voir ce qu'ils représentaient.

Je suis sortie sans bruit retrouver les linos du couloir sous un ciel de néons, j'étais épuisée je crois, irascible, j'ai refermé la porte et j'ai dit à l'infirmière qui était avec moi : « On peut rien pour lui. C'est un check-out. » Et j'ai remis entre ses mains le dossier du patient Dominique Müller.

Comme s'il avait pu m'entendre à travers la porte j'ai tout de suite regretté les mots que j'avais prononcés, autant à cause de ce qu'ils annonçaient, pour lui, et qu'il savait déjà, qu'à cause de la fatigue, de l'exaspération qu'ils trahissaient de ma part et dont je ne voulais pas qu'il se rende compte.

J'ai détaché mon vélo dans la cour en me gelant les doigts sur le cadenas car dehors ce n'était pas la chaleur et la tendresse de nos vingt ans mais Paris, le vent qui découpe les silhouettes des passants sur les quais, et les laisse dériver comme de la tôle tremblante entre les immeubles et les voitures, manquant de se couper encore les uns aux autres. Alors que je traçais ma route mon téléphone a bondi dans ma poche, et gardant une main gantée pour barrer au nord après le feu, l'autre fouillant avec peine, je l'ai sorti de là. J'ai lu : « Maman, dépêche, on a faim. »

Ils m'attendaient là-bas. Ils ne savaient pas que durant le trajet, je me répéterais le nom de Dominique Müller, Dominique, Dom. Dans mon souvenir il était entouré d'enfants, des enfants dévorant des abricots et des biscuits par trente-cinq degrés à l'ombre, des enfants en costumes de marins, de magiciens, de rois. Et celle-là, Dom, tu la reconnais ? Tu sais ce qu'elle a ? « Ce n'est qu'un déguisement. » C'est une fillette, au milieu du groupe. Les autres la cachent, mais je me rends compte qu'effectivement on l'a déguisée en monstre : en lui collant des verrues sur le visage, en teignant son visage avec un bouchon de liège brûlé, puis en calant dans son dos un coussin en mousse pour faire une bosse sous un tee-shirt noir trop grand, à l'enseigne d'un hypermarché. Comment a-t-on pu laisser faire une chose pareille ? Il faut que je lui demande, à Dom. Il faut que je l'interroge. Demain ? Pourquoi la petite fille a-t-elle une dent cassée, devant ? « Je suis tombée », a-t-elle dit, mais à qui ? À Manu ? À Dom ? Je ne l'ai pas entendue moi-même prononcer ces mots-là. C'est pour le rôle ?

Je suis rentrée et le temps de m'attabler avec les miens, tous les petits visages maquillés sous les casquettes en nylon, sous les bandanas, sous les toques et les tricornes de panoplies, de stands de tir, refaisaient cercle autour de moi, après quinze ans de séparation.

* * *

Je me souviens de la Tempête ou, au départ, de son absence. Au début elle est inimaginable. Sur la page, on voit les mots qui évoquent le naufrage, et on ne la voit pas, elle. On lit des signes qui ne font pas sens, les dialogues du capitaine et de ses matelots désespérés qui se précipitent sur le pont et qu'il appelle « mes petits cœurs » : « Et vous mes petits cœurs ! Magnez-vous, allez ! », et on entend le défi qu'il lance à la tempête : « Allez, souffle, Tempête, souffle à en crever ! », sans comprendre ce qu'il advient de ce souffle ni de ces matelots. On entend les appels au secours qui résonnent mais on n'est pour l'instant pas capable d'imaginer le bateau ou le hunier tendu à mort. On ne voit pas le vent. On ne voit pas les vagues qui masquent l'horizon. On n'entend pas le mât qui craque et se rompt, les canots de sauvetage qui partent à la dérive. Tout ce qu'on a devant les yeux, c'est des appels au secours et des mots tendres, des invectives et des insultes sur la page blanche.

Et on sera pareil face à la scène. Il faut faire sortir le vent de ces mots, la mer Méditerranée et le rivage d'où ce désastre est observé par un magicien qu'on ne connaît pas encore. Il faut faire sortir l'univers entier de ce livre et cela, c'est Dom qui nous a appris à le faire, et pendant quelques semaines j'y ai réussi, et je crois même que toute une partie de ma vie j'ai pu continuer.

Mais je ne sais plus faire cela, la mer, les zéphyrs, les ululements de gosses imitant les souffles déchaînés, j'ai appris, j'ai oublié. Filer au supermarché pour acheter des balais en plastique roses et verts, dont on fera des rames. Fabriquer des chapeaux avec du carton et des bombes aérosol pour les colorier. De ce talent je n'ai gardé qu'une petite quantité, que je retrouve pour m'occuper de mes enfants. Ou ce que j'ai gardé c'est le navire de fortune, me construire une coque ou un radeau de temps en temps quand ça ne va plus : savoir croiser une ou deux branches pour fabriquer la carène et la quille, tendre un souvenir au mât de mon corps et souffler dedans, pour avancer.

C'est ce que je ferai ce soir où je rentre de l'hôpital. Les néons gris et le corps échoué de mon ami n'ont pas quitté mes pensées et en arrivant chez moi, j'ai fait tomber mon sac de mon épaule et j'ai déposé mes clefs sur le verre de la commode, je suis sortie de mes baskets pour marcher jusqu'à la cuisine où j'ai mis en route la radio, allumé les feux pour le dîner.

Entre l'écran noir du micro-ondes et la fumée d'une casserole de riz, je vois ressurgir une des premières scènes que nous avons travaillées avec les enfants : celle où Miranda arrive en courant sur cette plage qui est en fait la limite du monde qu'elle connaît, depuis qu'elle y a débarqué avec son père. Et ce père, Prospero, qu'elle vient de retrouver les yeux fixes et les mains crispées comme celles d'un assassin, est aussi la seule communauté humaine qu'elle ait jamais fréquentée. Il l'a entraînée dans son destin de naufragé quand elle était encore une toute petite fille, sans langage et sans mémoire, emmenée loin de Milan depuis une soi-disant nuit de conspiration qu'il n'évoque jamais qu'à demi. Ils sont l'un près de l'autre sur le sable, et Miranda voyant l'horizon se noircir, se charger d'électricité et de brumes couleur d'os, commence à entendre venus de la haute mer et portés par le vent des mots qui sont des cris, bientôt des hurlements de désespoir qui leur parviennent de là-bas, d'un bateau qu'elle peut voir quand les vagues gigantesques s'abaissent, et où les gens meurent. Surmontant toute la crainte que lui inspire cet homme, Miranda (qui avait les traits de Romane… Romane, jouant en alternance avec Leslee ou Léa) ose lui demander des comptes sur la catastrophe qu'il a provoquée elle le sait avec la force de ses yeux, avec des formules prononcées avant qu'elle arrive, dont il a les lèvres encore humides, et avec ces mains, là, qui continuent de se serrer et de convulser bizarrement au bout de ses bras. La petite fille s'est avancée pieds nus, elle parle haut, reproduisant le dialogue que nous avions écrit quelques heures avant, le matin : « Papa, c'est quoi cette tempête ? C'est quoi ce vent, et ces cris ? J'ai peur. » Elle le tire par la manche, mais l'homme est trop absorbé, ou il fait semblant de ne pas entendre : « Ils vont tous se noyer si tu ne fais rien. »

Avions-nous d'autres sortilèges ? Des pouvoirs qu'il faudrait un jour, nous aussi, enterrer ? Et si nous les avions déjà, ces charmes attachés à nos corps, ces breloques de verre à nos colliers d'argent, nos perles, nos boucles d'oreilles, nos bras et nos seins d'une douceur de nurserie, que pouvions-nous en faire pour empêcher la catastrophe ? La pièce a changé. Qu'est-ce qu'on y voit à présent, qui n'y était pas alors ? Un lit blanc. Un cathéter. L'infirmière qui sort en emportant l'enveloppe de la seringue.

Tant qu'on n'a pas encore dîné, chacun vaque à ses occupations. Moi et Sofien, nous nous croisons aléatoirement en différents points de l'appartement ; on ne se parle pas beaucoup, chacun encore dans le reflux de la journée, mais une tape sur les fesses pendant que j'enfile un jean dans la chambre et un baiser dans ma nuque ont enfin chassé l'hôpital et ses fantômes. La cadette est dans sa chambre, d'après Sofien elle est en train de finaliser la rédaction de sa grande sœur « sur une jeune fiancée pendant la guerre de 1914 », ce qu'elle a l'air de faire avec passion comme tout ce qu'elle entreprend – Amel a un caractère émerveillé et gai, splendide et optimiste. Lina, qui a dix ans, plus ombrageuse, s'absente comme d'habitude pour être devant l'ordinateur – c'est l'heure autorisée, juste avant le dîner, après on cherche encore à maintenir les règles classiques : un bouquin, un bisou et au lit. Mais pour l'instant je l'aperçois par la porte du bureau entrebâillée, un pied hissé sur l'assise du fauteuil, le deuxième qui se balance nu à côté des roulettes. « Tiens-toi bien ma chérie », je dis, mais elle ne m'entend pas, elle est trop fascinée. Je m'approche : « À table… Tu me montreras un truc tout à l'heure, j'ai besoin de regarder quelque chose sur Facebook. – Ouais… » J'appelle encore à table, à la cantonade cette fois pour rameuter tous les miens dispersés. Amel et Sofien arrivent et demandent ce qu'on mange. Lina a insisté pour rester devant l'ordinateur, elle semble fascinée par quelque chose d'inhabituel et son père a dû repartir la chercher, « On arrive, Lina finissait juste de donner son numéro de téléphone à des messieurs sur Internet. – Tais-toi, mais tais-toi ! » a-t-elle supplié en s'asseyant avec nous, « Alors ? – De la ratatouille, du riz et un plateau de fromage » ai-je hasardé, « Ça a l'air vraiment délicieux ! » a conclu Amel.

Après dîner, je reste seule pour ranger et essayer de chasser une colère que je ne connaissais plus. Dans la cuisine, il y a une petite télé que je laisse souvent allumée, et je mets du temps à me rendre compte de ce qui se passe, cela revient sans cesse et grandit en moi tandis que je regarde les flammes qui s'aiguisent sur cet écran quelque part au Caire, une ville où je ne suis jamais allée. Les manifestants se sont éloignés de la place en lançant des cocktails Molotov et l'armée a interpellé une quinzaine d'entre eux puis les a passés à tabac dans des commissariats invisibles aux yeux de ma télé. Et que dire des autres ratonnades, des homosexuels qu'on y enferme aussi certains soirs, des blogueurs qui ont trop parlé, ou des amoureux qu'on a récupérés encore humides dans des voitures à l'écart des rues, dans des terrains vagues ou des parkings de jardins publics que les familles désertent le soir. Les amoureux sont pris, les voitures brûlent. Je ne sens pas la chaleur mortelle qui doit régner et faire des visages qui les entourent des masques de cuivre en cercle dans l'enfer, je ne sens pas l'odeur qui doit racler comme une laine d'acier les gorges et les narines. Je continue ma vaisselle et je regarde les flammes qui s'élèvent rouges et jaunes, bientôt noires d'une fumée qui occulte la réalité et contre cette occultation je jure de descendre dans la rue, moi aussi de casser des vitres pour qu'elles révèlent l'envers de leurs décors, de barbouiller des magasins et des écoles de jets d'essence et de jeter des parpaings contre les ectoplasmes qui revêtent ces uniformes et ces armures, et contre ceux en costards trop propres qui les envoient et commanditent leurs exactions. Je le jure, mais pour l'instant je dois lutter contre l'occultation de ma propre réalité, de mes propres souvenirs éparpillés sur le béton d'un été marseillais, contre d'autres flammes dont la contemplation brûle mes orbites et me rive au passé.

En sortant, je me rends compte que Lina est de nouveau devant l'ordinateur. Elle a l'air inquiète. Je la pousse doucement du fauteuil et sans mot dire je m'assois à sa place. Elle se rassoit sur mes genoux et je pose mon menton sur sa tête. On regarde ensemble vers l'écran : c'est Facebook qui se déploie devant nous dans ses cadrans et ses couleurs d'album de vacances. « Qu'est-ce qu'il y a ? » Elle pointe une fille dans un groupe, devant leur collège : « C'est cette fille-là… » Je la reconnais : la grande sœur d'une de ses copines. « Ah c'est la chanteuse ! Et alors qu'est-ce qui se passe ? Qu'est-ce qui ne va pas ? »

Ma fille m'avait déjà parlé de cette grande sœur, « la chanteuse » : une petite cantatrice en effet, qui faisait le conservatoire de Bondy en chant lyrique, depuis deux ans, très talentueuse. En quelques clics, Lina a affiché le profil de la fille. On a regardé ensemble les photos de ses performances. La soirée des vacances de Noël dernier en Reine de la Nuit, les yeux peints d'ailes bleues, noires et argent. Des auditions où elle apparaissait toute simple, en jean et en baskets, chantant sur une scène vide. Des portraits des divas qu'elle admirait. On a lu sa correspondance aussi, la correspondance publique sur son mur : « Je t'aime fillette », « Ta voix s'envole », « Merci !!! Vous êtes super nombreux à être venus hier soir, merci pour tous vos petits mots, je vous adore », « Je chanterai demain à Noisy, venez nombreux », « Merci pour tes notes, ton style, ta voix, tu nous fais rêver, on t'oublie pas, chante encore », « Ta voix sera toujours dans nos mémoires », « Merci, j'ouvre mon cœur pour que tu m'entendes, je chante pour toi, Stéphane, ne m'oublie pas », « Je chante pour vous, ma voix est plus forte que la mort ».

Je ne comprenais pas, j'ai dit : « Elle est où cette fille ? – Elle est morte, il y a trois mois. Elle a eu un cancer du cerveau, elle est morte en quinze jours. – C'est ta copine qui répond aux messages comme ça, à sa place ? Elle trouve ça malin ? » Je venais de cliquer sur une photographie de la jeune Reine de la

Nuit sur la scène d'un club de jazz du centre de Paris, rive droite, où ils font des soirées jeunes talents ; avec la date surnaturelle d'il y a deux jours et la légende : « T'es belle Sonia, tu chantes comme la nuit. – Merci :-) Je chante pour vous, je vous aime. » « Dis ? C'est ta copine qui fait ça ? Tu trouves ça drôle ? » Je regardais ma fille devant l'écran, elle avait cessé de cliquer sur toutes ces photos, ces messages. Pendant qu'on parlait un nouveau portrait s'était affiché, de la jeune fille dans sa loge pleine d'un bazar chamarré, dans les bras d'une autre copine ; elle était absurdement datée de la veille au soir, accompagnée du commentaire : « Souvenir des coulisses, Jess rends-moi mon rouge à lèvres, LOL. » Ma fille s'est tournée vers moi, l'air égaré : « Je ne sais pas Maman. Non, ce n'est pas elle qui met les photos. Elle dit que c'est personne dans sa famille, qu'elle a pas les codes. On sait pas qui écrit, qui répond aux messages. Elle est morte. » Une réponse s'est affichée en même temps que nous parlions : « Viens le chercher ha ha. » Lina m'a regardée : « Elle est morte. Je sais pas, Maman. »

Ma fille va se coucher et je reste seule devant l'écran. Sur Facebook, je recherche ceux dont je me rappelle les noms : Bastien Terreno, Morgane Toyen, et Léa (son nom de famille ? Voilà, son profil s'affiche, Léa Austral : elle est toujours amie avec Morgane Toyen…). Certains ne se trouvent pas en ligne, ils ont des vies en dehors de la matrice on dirait. Et Romane Quelque Chose, je n'arrive plus à me rappeler son nom de famille. Je tape leurs noms dans la nuit sur le clavier de l'ordinateur familial. Certains noms ressurgissent sans que je les aie tapés, le moteur de recherche me les suggère et je crains de plus en plus de retomber sur certains d'entre eux, même s'ils ne me voient pas, je préfère passer mon chemin. Alors je me lève, j'éteins la lumière dans cette pièce hybride où se trouvent l'ordinateur familial, un canapé, des rangements, le tout baigné dans des résidus de lumière rouge, les diodes des appareils électroniques qui ne s'éteignent jamais.

Le lendemain, avant d'aller le voir dans sa chambre, je m'arrête chez le chef de clinique pour savoir comment Dominique Müller a passé la nuit et ce que donnent ses dernières analyses. Ce n'est pas flamboyant, disons. L'hépatite est au stade où elle a touché un peu tous les organes, où partout dans le corps elle est chez elle.

Je vais dans sa chambre et je m'assois à côté de lui en attendant qu'il se réveille. J'ai apporté un café et un journal. Je me souviens que Romane – son prénom je l'ai, mais son nom de famille… – voulait savoir de quoi exactement on meurt dans un naufrage. Comment ça ? On pouvait s'épuiser à nager, ou s'emplir les poumons d'eau de mer, avait répondu Dominique. Ou bien, avait formulé Romane, qui n'aimait pas être en reste dans la réflexion, on pouvait peut-être aussi « mourir d'hypoternie ». Dom l'avait reprise, on dit « hypothermie » mais elle ne voulait pas en démordre, de ce mot, « hypoternie ». Elle avait raison en quelque sorte, me dis-je, même si c'est un danger qui nous guette plus tard, hors de l'eau, quand l'âge de Romane devient un lointain souvenir. Dom lui avait parlé également du poids de l'eau sur le corps du naufragé : si tu commences à t'enfoncer de quelques mètres, ou même pas, il suffirait en fait d'une dizaine de centimètres, mais d'une dizaine de centimètres d'épaisseur qui fait le tour du monde, pour que tu commences à sentir tout l'océan, toute l'eau de la planète entière qui pèse sur ta poitrine et qui t'avale soudain, t'aspire d'un coup à des kilomètres de fond.

« Comment vas-tu ? As-tu bien dormi ? » Il me tend la main. Son visage est bourrelé et creusé comme la souche d'un arbre : une tête qui serait plantée en terre. Des arbres on faisait des bateaux, jadis. Il me sourit. Je crois qu'il sait à ce moment-là qu'il me plaît. Cela a toujours été sa force de savoir quand exactement il suscitait cela chez tous ses interlocuteurs, femmes et hommes. Et c'est encore le cas à présent, malgré son état, c'est inexplicable et scandaleux mais je le trouve beau comme toujours, je lui prends la main. « As-tu bien dormi ? »

* * *

On a jeté nos sacs à l'intérieur de l'appartement qui était mis à notre disposition, au-dessus de la salle de répétition du Théâtre d'Été, on a juste ouvert les volets pour jeter un œil sur le lieu de nos vies pour les cinq prochaines semaines. L'appartement des invités était bien aménagé : deux grandes chambres séparées par un couloir qui menait à la salle de bains ; un salon avec une cuisine ouverte, et un petit balcon filant côté rue. Des meubles Ikea et une déco d'affiches, souvenirs de tous les spectacles qui étaient passés par là. On a laissé les fenêtres ouvertes, parce que ça sentait la poussière et le vieux chat moisi, d'après Manu. On est ressorties, décidées à trouver le chemin du Vieux-Port quelques rues plus loin, on a quitté l'ombre, là où l'escarpement des immeubles s'ouvrait enfin sur le grand air. Le soleil là-haut brillait, comme une tête de mort ou comme un trésor.

À une terrasse non loin de là, nous avons pris place sur les fauteuils en plastique, dans un rond de soleil adouci par les feuilles des platanes, nous avons commandé des monacos et commencé à lire les prospectus que la chargée de mission au service de la jeunesse, des sports et des loisirs nous avait donnés à la mairie, en plus du plan de la ville et de la liste des enfants. L'un des dépliants s'intitulait : « Stage au Théâtre d'Été, pour les moyens-grands (10-12 ans) : *La Tempête*, de Shakespeare ». En couverture était résumé l'intérêt pédagogique de cette activité : « Initiation au théâtre. Expression corporelle et expression orale. Créativité. Collectif. » C'était vrai mais ce n'était pas tout : je pense surtout que des parents qui ne partaient pas en vacances étaient contents de caser leurs enfants pendant la journée.

Ils ne s'intéressaient pas forcément à ce qui était décrit dans le programme : « De quoi parle la pièce de Shakespeare ? D'une île, où l'on attend. D'un bateau, qui fait naufrage. Et de survivants qui n'ont pas le choix : faire la fête. Tomber amoureux. Réinventer le monde. »

Nous restons, dans le soleil tamisé par les feuillages, à lire la suite du prospectus. J'ai mis du temps à le retrouver dans mes affaires mais ça y est, j'ai pu remettre la main dessus. Il faudra que je demande à Manu si elle a un moyen de le récupérer, j'espère qu'elle l'a gardé, avec le reste. Je l'ai ouvert, j'ai vu le paysage de calanques vert et bleu qui se déployait sur ses trois volets, le petit portrait de Shakespeare à la boucle d'oreille et la reproduction d'une gravure du seizième siècle montrant une île, avec une plage presque déserte où brûlait un feu, devant lequel était accroupi un petit Indien de dix ans à peine (ce qui n'avait pas de pertinence géographique, l'île de la pièce se situant en Méditerranée), tenant sa tête sur son poing fermé, tisonnant de l'autre main. Où allait-il chercher tout ça ? Suivait le petit texte écrit par Dominique, signé « D. M. », comme il en faisait pour chacun de ses spectacles, au début de chaque atelier. Moitié lyrique, moitié pédagogique, assez personnel. Nous avons lu, tout en buvant nos bières. Il disait :

« Qu'est-ce que la Tempête ? Elle se lève et enfle les voiles. Elle balaye toutes nos possessions, toutes nos idées reçues. Bientôt le pont du bateau est désert, bientôt nous sommes dans des canots de sauvetage ou dans les vagues. Nous nageons. La Tempête hurle à nos oreilles. Nous n'entendons plus nos propres pensées, et regardons dériver les tonneaux, les cabestans, les cochons qui dormaient dans les cales et que nous ne mangerons plus. La Tempête siffle à nos oreilles et nous nageons, nageons, emportés par des vagues hautes comme des baleines, comme des gratte-ciel. Les survivants se réveillent dispersés aux quatre coins d'une île. Il y a ceux qui sont envoûtés par des musiques qu'ils n'ont jamais entendues nulle part. Ceux qui tombent amoureux d'une nymphe. Ceux qui boivent. Mais tous vont être victimes des enchantements de l'île et d'un mystérieux sommeil qui s'empare d'eux. Et un jour, tous devront oublier ce qu'ils ont vu, une seule fois dans leur vie, oublier cette musique unique au monde, enterrer la magie pour reprendre le cours d'une vie normale.

« Après s'être crus morts les uns les autres, ils vont se retrouver enfin, qu'ils s'aiment ou non, qu'ils le veuillent ou non, et rejoindre le quai d'où ils sont partis, les intrigues, la grande ville, la banalité. Qui sait, quand ils seront très vieux ? Qui sait ? Peut-être un jour se souviendront-ils de la Tempête. D. M. »

Qu'est-ce que ça voulait dire pour des enfants de dix-douze ans ? On a trinqué avec Manu. On était loin de savoir si on voudrait un jour ou non se souvenir. On aurait voulu que Dominique Müller vienne un peu s'occuper des enfants au lieu d'écrire ces trucs puis de nous laisser nous débrouiller toutes seules. Mais je crois que déjà à ce moment-là, on n'aurait pas envisagé de lui faire des reproches – on se rappelait sa voix au téléphone. Au dos du prospectus figuraient aussi quelques informations pratiques : l'adresse ; le tarif, décliné en catégories de revenus A, B et C ; et « le Théâtre d'Été prend en charge tous les repas de vos enfants. Il faudra néanmoins prévoir des pique-niques pour les sorties (Frioul, calanques…), dont les dates vous seront précisées ultérieurement ».

On s'est moquées Manu et moi de *La Tempête* et de son prospectus, et on a vite dérivé sur d'autres sujets en sirotant nos verres de monaco. On s'est regardées. On se connaissait au point de connaître exactement chez l'autre la couleur de ses yeux dans un rayon de soleil, ou l'ombre sous la clavicule. Manu avait aussi un grand grain de beauté près de l'œil qui lui donnait l'air perpétuellement de sourire. On a essuyé la bière autour de nos bouches d'un revers de main. « On va se baigner ? – Ouais », a dit Manu. Nous avons vidé nos pintes puis nous nous sommes levées en jetant quelques pièces sur la table, la tête pleine de taches d'ombre et de bière, les yeux couleur grenadine, et ainsi nous sommes descendues le long de la Canebière pour voir le port et guetter, nous aussi, les bateaux.

Le lendemain, ils arrivaient. Les bateaux ? Non. Les enfants. Le lendemain il fallait être prêtes pour les accueillir dans le théâtre, le lendemain on leur demanderait leur prénom, on s'agenouillerait devant eux pour vérifier qu'ils aient bien toutes les affaires indispensables à leur journée, à l'intérieur de leurs sacs à dos. On se penchait, nos mains à plat sur nos genoux un peu fléchis, et d'une voix douce : « Comment vas-tu ? Tu as tout ce qu'il te faut ? Tu as déjà fait du théâtre ? Tu veux aller faire pipi ? Ta maman revient te chercher à six heures. »

Il fallait répondre aux parents qui haussaient un sourcil et demandaient si nous ne devions pas être trois et non deux, pour l'encadrement. Ou ceux qui le connaissaient, Dominique : « Alors, il n'est pas encore rentré de son chantier ? » Ils apaisaient les autres : « Vous verrez, il fait des merveilles avec les gosses. »

En attendant, il ne faisait rien, Dominique. Il n'était pas là pour accueillir tout ce monde chahuteur et inquiet à l'entrée du théâtre. Nous étions seules toutes les deux, Manu et moi, dans la cour, à distribuer des jus de fruits et des chocolatines. Manu : portant un pantalon flottant en coton bleu marine, et un débardeur en dentelle noire ; et moi, une robe en lin rouge-orangé avec des bretelles larges, croisées dans le dos. Car de cette époque, je pourrais me souvenir de tout, jusqu'au prénom des robes si elles en avaient. Ensemble nous disions bonjour. Nous disions « Entrez ! Allez déposer vos affaires ».

Puis : ils se sont dispersés dans cette enceinte ronde, par deux ou par groupes. Certains se parlaient tout bas dans les gradins. D'autres ont demandé l'autorisation d'entrer dans les coulisses, depuis la demi-lumière du plateau ils nous appelaient, « On peut y aller ? – D'accord », on les a vus disparaître là-bas comme des ombres chinoises.

Romane (Romane Quoi… ça m'énerve. Il faut que je demande à Manu. Elle a une mémoire de diable) est venue nous voir la première. Déposant son sac sur un fauteuil au premier rang des gradins, elle en a sorti un chouchou pour se faire une queue-de-cheval qu'elle a serrée fort sur ses tempes, elle s'est étirée d'un air professionnel puis elle est venue me voir en me demandant si j'avais déjà monté une pièce de Shakespeare. Puis elle a interpellé Bastien Terreno qui était plus haut sur les marches : « Bastien ! Te voilà ! Tu viens pour faire le rôle du cochon sauvage ? Celui qui ne parle pas ! » Bastien a bégayé un truc que personne n'a entendu, le pauvre, puis il est venu me voir pour demander où, où, où étaient les toi, les toilettes tandis que Romane, haussant les épaules, allait s'installer au premier rang des gradins : calant contre sa cuisse une grande bouteille d'eau minérale, elle a passé les cinq minutes suivantes à lire et à annoter la pièce qu'elle avait apportée dans une édition bilingue, illustrée en couverture par un dragon de Komodo.

J'apercevais Manu au milieu d'un petit groupe d'enfants et de parents qui parlaient tous à la fois – d'horaires de cantine, de régime particulier sans sucre ou sans épinards, d'accompagnement de sorties. Et moi, tout d'un coup, j'avais pris Joséphine Voulant par la main, ou était-ce elle qui s'était emparée de la mienne ? J'étais à l'entrée avec sa mère, dans l'autre main je tenais le sac à dos marron qu'elle m'avait confié en me disant « Joséphine n'a rien voulu manger ce matin. – Tu vas prendre un goûter, plus tard, Joséphine ? – Vous pouvez l'appeler Jo… » Et je regardais la petite fille, qui me regardait, puis je regardais la mère dont les yeux étaient bordés de noir et beaux, d'un bleu magnifique. J'adorais regarder ces yeux et je détestais serrer la main poisseuse de Joséphine Voulant, il me sembla dans cet instant que je ne l'avais pas prise volontairement, que c'était la gamine, elle seule, qui avait fait ce pas de mon côté, pour se tenir à présent près de moi.

« Je peux aller boire de l'eau aux toilettes ? » me demande-t-elle. « Bien sûr ! Je t'accompagne. » Et elle garde sa main dans ma main, serrée-serrée, comme si toutes deux nous partions pour le pôle Nord. « Voilà c'est là, je t'attends. » Elle boit au robinet : très soif. Elle doit appuyer plusieurs fois sur le robinet à pression pour soulager cette soif. « Tu devrais avoir une bouteille d'eau avec toi, ça sera plus pratique. – Oui ! Je l'ai oubliée ! » Et c'est oublié, nous n'avons plus soif, nous sommes heureuses, nous revenons vers la scène, la musique, les autres enfants, « C'est l'heure de se présenter. – Oui. » Et nous entrons.

Soudain, tous les parents étaient partis. Manu m'a fait un signe de l'autre bout de la scène, elle s'est penchée sur une minichaîne hi-fi qu'elle avait apportée la veille. « Allez ! Tout le monde danse. » Et elle a balancé des tubes, Véronique Sanson qui les faisait frémir, la bande originale de *La Plage* avec Leonardo DiCaprio, et du reggaeton, les trucs qui étaient à la mode chez les dix-douze ans. On a tous fait cercle, on a dansé. Joséphine Voulant avait lâché ma main et rejoint le groupe, elle avait retrouvé une copine de classe (Morgane Toyen ? ou Leslee ? je ne sais plus) et ensemble elles faisaient des chorégraphies et des mines, elles tapaient dans leurs mains. Manu a mis sur pause, un instant, et elle a annoncé : « On va faire du théâtre, mais on va surtout s'amuser ! – Ouais !! » a fait Joséphine, et je l'ai regardée danser : la gamine la plus mal habillée, la plus crade que j'aie jamais vue – et même depuis, et pourtant j'en ai vu des choses dans mon métier. « Je la connais celle-là ! » La musique nous a repris dans son cercle magique, Manu a mis une série de tubes inimaginables, c'était un crescendo de succès, jusqu'à l'acmé, « Girl I Wanna Make You Sweat », le tube de ce matin de juillet qui nous a déchaînés jusqu'à l'heure de la cantine.

Le lendemain les parents sont revenus plus interrogatifs, songeurs. Ils avaient eu le temps de remplir les formulaires administratifs demandés, de les signer, ainsi que les autorisations de sortie. Ceux qui étaient inscrits pour la première fois s'impatientaient de rencontrer le responsable Dominique Müller, et l'on n'aurait su leur donner tort, mais ceux qui avaient l'habitude de le voir à l'année, qui fréquentaient plus régulièrement la petite structure associative du Théâtre d'Été, leur assuraient à nouveau qu'il ne fallait pas s'inquiéter, « C'est Dom », il était « comme ça », « génial, en fait ». Ou d'autres impliqués dans la vie associative, les solidarités du quartier, en habitués commentaient : « Et le Dom alors, qu'est-ce qu'il nous prépare cette année ? – Tu sais combien il a demandé l'an passé pour sa subvention ? – Ça l'administration, quand il faut y aller, ça le connaît ! » Il était très respecté pour ses bonnes relations avec le service culturel de la mairie et celui du conseil régional. « Alors alors ! Il est là quand il faut. » Une partie des parents se connaissaient bien ici. Ils se retrouvaient dans les associations, dans les sorties culturelles, ils s'appelaient par leurs prénoms. Ils étaient chez eux – pas nous.

La mère de Romane est venue me voir dès le deuxième jour : « Je ne veux pas que ma fille joue un rôle de garçon. » Manu nous a rejointes, elle lui a fait répéter. « Je connais vos habitudes, vous les transformez, vous leur faites jouer n'importe quoi. Ma fille est là pour apprendre, pas pour faire la travestie.

Vous lui dites, à Dominique ! » Elle était impeccable, comme la fille en question. Cheveux attachés haut sur la nuque, fossettes, lumière verte des yeux. À côté d'elle, le papa de Paul Valesco, qui ressemblait lui aussi à son fils, en grand : un pantalon de jogging jaune et mou qui aurait été assez adapté pour un costume de Casimir, une moustache mal assumée (la rase-t-il, la rase-t-il pas ?) qui chapeautait ces paroles : « C'est quoi, *La Tempête* ? T'as compris, toi, l'histoire ? » Il lui tendait le prospectus, chiffonné, qui était dans sa poche. Et la mère de Romane, toujours fiable : « Tu n'as pas lu ? » Elle s'est tournée vers nous pour que nous assistions à son triomphe : « C'est un âne qui t'a appris à lire ? » Elle nous a encore jeté un regard, pour que nous puissions apprécier sa version de l'histoire : « *La Tempête*, cela se passe dans une île. – Oui, d'accord ! Mais qu'est-ce donc qui les intéresse dans cette île ? » a demandé Bernard Valesco. « Et est-ce que ça se termine bien ? » Louise Kosice (ça y est, le nom me revient…) a repris : « Il y a Prospero, un enchanteur qui est là depuis plusieurs années avec sa fille Miranda. Miranda est belle comme un matin de juillet ! Avec ses pouvoirs, Prospero entraîne un bateau à faire naufrage, mais ce bateau ce n'est pas n'importe lequel : c'est celui de ses anciens ennemis à Milan, ceux qui par le passé l'ont chassé de son royaume. » Elle s'est interrompue, a pris le prospectus qui était dans les mains de Bernard Valesco et l'a ouvert devant lui, comme on déplie une carte pour trouver son chemin. « L'enchanteur Prospero va s'organiser avec ses aides de camp : il y a Ariel, une espèce de feu follet, ainsi que Caliban, qui est un monstre hideux, épouvantable. » Se tournant vers nous trois : « Je ne veux surtout pas que ma fille soit dans ce rôle. C'est un être humain mais il ressemble plutôt à un crapaud, un être qui aurait grandi dans une fosse d'aisances et qui est toujours jaloux de tous et de tout le monde. Ils vont faire croire aux naufragés qu'ils sont perdus, qu'ils les ont emprisonnés dans l'île pour le restant de leurs jours. Et pendant ce temps, ils vont aussi s'arranger pour que Ferdinand, le fils du roi de Naples, rencontre la belle Miranda, et qu'ils tombent amoureux l'un de l'autre. » Bernard Valesco a repris le prospectus et l'a contemplé, il avait l'air soulagé : « Donc, ça se termine bien. » Il a proposé à Louise Kosice d'aller prendre un café, et Louise a jeté un œil rapide sur sa montre : « D'accord, mais on fait ça vite. » Bernard Valesco a répété : « Finalement, ça se termine bien cette pièce… C'est tout ce que je voulais savoir pour le dire à leur mère. » Les deux enfants Kosice et Valesco s'étaient approchés pour administrer des bisous, des au revoir hâtifs. Mme Kosice : « Tu n'oublies pas de m'appeler quand tu prends l'autobus ce soir ? » M. Valesco : « Mais si tu veux, moi, je te la dépose. – Tu n'as toujours pas de travail ? » C'était la plaisanterie récurrente, car Bernard était graphiste free-lance. « D'accord, Romane, c'est Bernard qui te ramènera tout à l'heure, c'est compris ? » Et les voilà qui s'éloignent, deux paires de Stan Smith, taille 36 et taille 46, une flambant neuve et l'autre un peu usée, qui franchissent ensemble les portes du théâtre, en nous lançant : « Travaillez bien ! » et « On viendra voir le spectacle ! ».

Il fallait canaliser tout ce monde-là. Ces deux premiers jours : un tourbillon. Pourtant dès dix-huit heures, tout le monde était parti, vingt petites mains s'étaient mises dans vingt grandes ou à peu près qui les sortaient du cercle de l'Été, on voyait leurs ombres doubles s'étirer dans la rue qui longeait le théâtre, cette rue typique depuis laquelle on ne voit rien tant ses murailles d'immeubles sont hautes et rapprochées. En ces fins d'après-midi, elle recueillait exactement dans son axe les rayons dorés et redorés par le jaune des façades, par la poussière, par cette heure spéciale où le soleil semble debout au fond des rues comme un chevalier en armure.

À ce moment Manu et moi on se cassait. On vérifiait que les lumières étaient éteintes dans l'enceinte du théâtre, on allait dire au revoir à Glenda, l'employée de ménage qui était en train de faire le tour des pièces avec son chariot, et bientôt nous aussi on se glissait dans la rue avec nos sacs où étaient roulés en boule nos maillots de bain et nos serviettes, avec nos paquets de clopes et nos bouquins du moment.

Deux jours après le début du stage, nous allions sortir, Glenda a arrêté son chariot dans le couloir, elle nous a dit : « J'ai trouvé ça. » Elle s'est penchée vers le bac de produits ménagers, elle a écarté la Javel et la lessive et nous a tendu un tee-shirt qu'elle avait plié, et glissé dans un sac en plastique. On s'impatientait mais elle, elle était devant nous, bloquant le passage. Elle a hissé sa large silhouette à nouveau au milieu du couloir, s'est écartée d'un pas du chariot et a déployé le vêtement devant elle. « Vous savez à qui c'est celui-là ? » J'ai pris le chiffon qu'elle me tendait. En fait un tee-shirt assez usé, taille douze ans, bleu pâle. On s'est regardées Manu et moi, irritées par ce contretemps, la virée à la plage reportée à cause d'un objet perdu, et sans valeur : « Aucune idée. » Glenda a repris le tee-shirt, « C'était là-bas dans le vestiaire. C'était coincé derrière le radiateur », elle a retroussé le tissu au niveau de l'aisselle droite, « comme si la personne avait désiré le cacher », et elle a fait apparaître une tache poisseuse, brune, en le tendant vers moi : « C'est vous qui êtes médecin ? » Il n'y avait pas besoin d'avoir fait des études de médecine pour reconnaître ce que c'était, une tache de sang, récente. « Alors vous en faites quoi ? » Tache rouge-brun parce que assez épaisse, mais pas très vieille. Manu a proposé de rendre le vêtement à l'enfant à qui il appartenait : elle ferait une annonce le lendemain. Ça devait être un bouton qu'on avait gratté sur la peau, « et ça a saigné ». Glenda nous a regardées encore un instant, « Pour pouvoir le montrer à tout le monde demain, vous voulez que je le lave ? », le temps semble-t-il de laisser encore une chance à notre naïveté de se dissiper, « Si je le lave, on ne verra plus rien… » Puis elle a haussé les épaules : « Je le lave alors. Comme ça au moins vous le rendrez propre. – Oui, on fait ça ! »

Une minute après nous étions dehors, dans la ruelle. Un quart d'heure après dans la mer.

* * *

Je vais voir Dom ce matin. Je suis à vélo, il est à peine sept heures et je résiste dans ma laine polaire, sous mon bonnet, aux assauts du froid qui me laissent comme un drôle de mammifère velu, à la dérive, tout le temps de mon trajet sur les quais de Seine. Mes pensées vagabondent, je voudrais trouver une place pour un patient qu'on ne peut plus garder dans le service mais qui a besoin de rester en milieu hospitalier, je voudrais appeler ma mère, prévoir des vacances, soigner une carie, je voudrais prévoir une réunion pour qu'on change le protocole de prise en charge des hépatites bénignes, et il faut que j'essaye de joindre Manu. Pourquoi ? Je me dis que c'est pour prendre des nouvelles avant Noël mais je sais que c'est faux, « Ce n'est qu'un prétexte. »

Quelqu'un d'autre a dit ça, d'une voix fluette et mal assurée. Un feu rouge et mes yeux se posent sur mon panier, qui est normalement vide en début de journée, quand je n'y ai pas mis les courses, les poireaux, les dossiers : seulement, il y a là une petite fille qui est assise, qui me tourne le dos. « Quand est-ce que tu vas l'appeler ? » ajoute-t-elle, à peine audible avec cette tempête qui souffle en bord de Seine. Son dos est voûté par cette position grotesque, fesses enfoncées dans le panier, jambes pendantes au-dessus de la roue avant. Elle est affreusement mal habillée, bras nus malgré le vent d'hiver tranchant, et quand elle se tourne je vois les larmes gelées en haut de ses joues. Je donne un coup nerveux sur la pédale de droite, je démarre. « S'il te plaît, dégage », lui dis-je. Et encore plus énervée par mon attitude que par le reste, et par la disparition soudaine de la gamine du sommet de mon guidon de vélo, comme j'ai pu le dire à une époque passée je répète cette phrase que je suis pourtant seule à entendre : « Laisse-moi tranquille ma pauvre. Franchement, disparais. »

Je suis arrivée dans la chambre le plus silencieusement du monde. J'ai posé un dossier de patient et des échographies sur la commode qui est en face du lit, meuble en plastique blanc à boutons ronds couleur marine. C'est le luxe qu'on accorde aux patients qui sont là pour longtemps… Aux vrais naufragés. Je m'avance près de celui-ci. Le voilage blanc diffuse sa lumière tendue au cordeau, nette et crue, excellente pour se pendre. Je m'assois sur la chaise près de lui et attends avec impatience l'événement du réveil, la vie des yeux. Enfin, j'espère… Je lui prends la main, il la serre depuis un monde que je ne connais pas, et je m'endors moi aussi – pour combien de temps ? « Tu vas pas travailler ? »

Il s'est réveillé. Il me parle. Il s'est redressé dans le lit, adossé aux coussins. « Tu as lu ça ? » Sa voix est basse, magnifique, et ses yeux rient. « Lu quoi ? » Il porte le tee-shirt d'un groupe de rock polonais ou roumain, des gros mecs à tête de mort sur des bécanes, je connais pas. Mes yeux se posent à l'endroit qu'il me désigne sur la table basse et je saisis le recueil de nouvelles qui est là, *Cent vingt contes fantastiques de Nouvelle-Calédonie*. « Comment tu supportes les antibiotiques ? » On bavarde un peu, mais il se fatigue vite.

Le soir, je reprends mon vélo. Une fillette mal attifée et légère comme une plume est assise dans le panier, devant mon guidon : « Tu crois que Manu va accepter de venir le voir si tu l'appelles ? » Elle se retourne. Elle a une dent cassée, devant. Voyant mon regard qui insiste : « C'est rien. Je suis tombée. – Et qu'est-ce que tu as à l'œil ? – Rien. » L'ombre bleue d'un coquard qui vire au vert et au jaune. « T'as quoi à l'œil ? – Tu vas appeler Manu ce soir ? – Tais-toi. » Voilà : il manquait plus qu'elle se mette à pleurer. Je n'ose pas prévenir Manu pour l'instant, en fait je ne sais même pas comment la joindre, et je ne sais pas quoi répondre à la petite. Je me moque d'elle méchamment : « T'es tombée du vélo ? Tu devrais mettre un casque. » Elle m'a toujours énervée, cette gamine, et j'ai répondu ça pour faire diversion, pour qu'elle me lâche. Et effectivement elle n'est déjà plus là et c'est moi qui pleure, me gelant les mains sur mon guidon, essuyant mon nez morveux dans ma manche, à chaque feu rouge.

* * *

Dominique Müller est revenu dans la nuit de jeudi de son chantier, une maison dont il supervisait la rénovation près de Cassis, pour l'entreprise de BTP de son père. Le vendredi il était de retour dans son théâtre, dès le matin à l'entrée, accueillant les parents avec son sourire astral. Il a pris en main les répétitions pour la journée et le samedi il nous a proposé, à Manu et à moi, de sortir avec Jérôme, un copain.

On a pris des verres sur le cours Julien. On s'est baladés jusqu'à la mer, puis on est allés danser dans un bar qui s'appelait L'Esclave, juste derrière le Vieux-Port. On est rentrés ensemble.

En chemin, Jérôme et Dom parlent d'une femme qu'ils ont prise en stop quand ils sont rentrés l'autre nuit par la route côtière. D'après Jérôme, Dom n'aurait pas dû la laisser monter dans la voiture, on ne sait jamais, « car il y a la Dame Blanche ». Dom éclate de rire, « Tu crois en elle ? Tu as son numéro ? », Jérôme proteste, « Je sais qu'Alban il l'a eue une fois, et il n'a pas rigolé je t'assure. » Est-ce qu'ils racontent ça pour eux ou pour nous impressionner, je ne sais pas, on se resserre autour de leurs voix, Dom : « Elle n'était pas en blanc. » Mais Jérôme insiste « Si, son tee-shirt », Dom hausse les épaules : « On l'a déposée avenue de la Timone, tu étais là, elle nous a dit au revoir. – N'empêche. Ce n'est pas une bonne chose que d'inviter des fantômes comme ça… » Et comme nous demandons qui elle est, et comme nos silhouettes contiennent juste assez d'alcool et de fatigue pour vaciller les unes contre les autres dans le creux des rues qui sentent la mer et les poubelles, où l'on dérive depuis une heure en attendant comme des alignements d'étoiles indispensables que telle épaule rencontre telle autre et telle main tel bras, telle hanche, telle fesse – Dom commence l'histoire : « Cela arrive l'été. » Et Jérôme continue, parfois Dom corrige et reprend, mais d'après chacun d'eux c'est en tout cas ainsi que cela débute : « C'est la nuit, et tu es dans ta voiture en train de rouler sur la route côtière. » Les voix forment un habitacle fragile qui nous resserre encore un peu. « C'est la nuit, et sur le bas-côté, tu aperçois une fille qui fait du stop, très lumineuse dans ses vêtements blancs et comme tu n'es pas pressé tu t'arrêtes pour lui proposer de monter. » Jérôme et Dom ne sont pas toujours d'accord sur les détails mais Dom a arrêté de plaisanter et confirme, « La fille est habillée tout en blanc et elle te dit qu'elle va à une fête là-bas, est-ce que tu peux l'avancer ? Elle te nomme l'adresse et toi tu dis que c'est bon, c'est ton chemin et après ça elle monte. Et pendant tout le trajet elle se tient immobile près de toi, et elle ne te parle pas… » La route défile et on comprend que c'est un peu stressant, ce silence, ce visage aux lèvres toujours closes balayé par les ombres des arbres et les faisceaux des éclairages nocturnes. « Tu sens juste la blancheur qui rayonne de son vêtement, c'est une robe très étrange et un peu démodée, ça te fait mal aux yeux à force et au bout d'un moment tu t'arrêtes car vous êtes arrivés, tu répètes : voilà, tu es arrivée. C'est ici. » À l'intérieur de la voiture qui sent encore l'humidité et le sel, baignée d'ombre, tu n'entends pas de réponse. Et tu te rends compte que la fille a disparu. Pourtant, elle n'a pas fait de bruit. Tu ne t'es arrêté à aucun feu rouge, et à aucun moment tu n'as entendu claquer la portière… Tu lui dis c'est là mais elle, elle n'est plus là, elle n'a comme jamais été là. » Et les garçons nous expliquent que c'est une jeune femme qui s'est fait renverser il y a longtemps alors qu'elle rentrait d'une fête. L'endroit où tu la prends en stop, c'est celui où la voiture l'a percutée. Elle revient à différents temps de l'été et tu trouveras toujours quelqu'un à un moment ou à un autre, garçon ou fille, de tout âge, un ami de retour d'une fête ou d'une de ces journées de plage qui roulent et s'effilochent très tard au bord de l'eau, cet ami te dit qu'il a « eu la Dame ». Ou bien, qu'il l'a vue, qu'il l'a reconnue et qu'il a passé son chemin mais qu'il a failli sortir de la route à cause de la façon dont elle l'a regardé, à cause de ses yeux qui sont violents, « qui font plus de lumière que des phares ». On a marché encore de longues minutes avec son souvenir, sa silhouette blanche et trouée nous a accompagnés pendant quelques centaines de mètres encore puis elle nous a quittés à un carrefour toujours sans dire un mot.

La nuit a commencé à perdre sa teinte d'encre, les bruits de nos pas dans la rue se sont estompés. Manu m'a prise par la taille et j'ai pris Manu par la taille. On avait nos épaules et nos souffles très proches, comme deux branches d'un laurier qui se touchent au passage du mistral dans un éclat sec, presque celui d'un feu. Puis Manu est partie allumer une cigarette au briquet de Jérôme et ils sont restés à fumer la même cigarette, à marcher ensemble dans un même halo. « Viens. » À sa demande j'ai rejoint Dom et me suis mise à parler avec lui, nous avons pris un chemin de traverse en direction de son appartement, « Salut », a-t-on échangé avec Jérôme et Manu, sans que personne s'arrête.

« Viens, c'est par là », me dit-il. Nous avons continué quelques minutes dans l'écho de nos pas. « Mets-toi là. » J'entends encore sa voix. « Là. Tourne-toi. » Ses mains soulèvent ma jupe, elles soulèvent mon tee-shirt, et sa bouche se pose à chaque endroit que ses mains découvrent. Sa voix disparaît dans ses caresses, elle s'enfouit dans mon cou, dans ma bouche et dans mes cheveux. Nous sommes dans une ruelle, pas loin de l'appartement où il habite. Nous sommes contre la porte d'un hôtel particulier, une porte en bois épaisse dont je sens le vernis et l'écaille sous mes doigts. Le mur de pierre dans laquelle est creusée cette porte nous protège et nous cache. « Tourne-toi », dit-il encore, alors que je suis déjà tournée contre la porte, alors qu'il est déjà serré contre moi.

Et maintenant je suis assise près de lui dans la chambre d'hôpital. L'infirmière vient de ressortir après avoir vérifié s'il avait pris tous ses médicaments, qui se sont démultipliés depuis vingt-quatre heures car il ne supporte pas les antibiotiques. On lui a fait une biopsie du foie dans la matinée et on attend de voir ce que celui-ci va nous dire pour décider de la suite. Depuis son arrivée, Dom a l'air de s'intéresser très peu aux scénarios qu'on lui raconte, il nous écoute avec beaucoup d'amabilité mais ce qui se passe à l'intérieur de son corps pourrait tout aussi bien concerner quelqu'un d'autre. Cela fait de lui un patient extraordinairement agréable, calme, et capable de mettre toutes les thérapies en échec. Il préfère dormir, et parler.

Depuis le bord du lit, je regarde ses traits qui se recomposent comme les épaves gonflent leurs voiles et se chargent de rhum, d'esclaves, d'animaux fabuleux, qui reprennent la mer en fendant les vagues – dans les histoires de bateaux fantômes. J'ai glissé à côté de lui dans le lit qui rompt les amarres. « Claire… » – il sourit en prononçant mon nom. Je touche son visage et je vois un homme de vingt-huit ans, pour qui la maladie est une langue étrangère. Il pose sa bouche contre ma tempe. Je n'arrive pas à entendre ce qu'il me dit.

Deuxième semaine

« Ailleurs, dans l'île »

Le portable sonne au fond de ma poche, mais j'ai les doigts trop gelés sur le guidon pour m'en emparer. Je le laisse vibrer au feu rouge, je sais déjà que c'est Dom qui m'appelle de l'hôpital comme il le fait chaque matin depuis une semaine, puis une dizaine de fois par jour, au bas mot, en vérité à tout bout de champ. Je réponds de là où je suis, de mon bureau entre deux consultations, depuis le service de radiographie où je fais le point avec les manipulateurs de l'imagerie, depuis les toilettes où je trouve enfin un moment d'intimité, et j'essaye d'être souriante dans le ton et les exclamations de mes messages, encourageante au moins concernant la perspective de nos retrouvailles quotidiennes – qui sont mille fois retardées chaque matin, je l'avoue. Je ne sais de toute façon pas quoi lui répondre. Se réveiller l'angoisse, il peut à peine marcher. Manger le fait vomir. Le service d'hépato n'en veut pas, « patient trop grave, trop avancé », la cancéro non plus ne peut rien, alors ils l'ont remis à zoner chez nous en médecine interne.

« Tu décroches pas ? » Maintenant la gamine sur le guidon qui se réveille. Je lui dis de se tenir tranquille. Elle est trop lourde, trop ingérable. Ses jambes qui se balancent en dehors du panier me déséquilibrent. Sa tête grossie par le casque m'empêche de voir la route.

« Tu l'as trouvé où, ton casque ? » Elle ne me répond pas. Elle chantonne à présent, ses baskets toujours dans le vide, le vent gelé gonflant son tee-shirt, un vêtement promotionnel pour une marque de chips. Je vacille encore, gênée par sa grosse tête augmentée par ce casque qui ne la protège de rien – c'est un accessoire couvert d'écorces et de feuilles mortes, qui tient sous sa tête par une mentonnière en plastique. On dirait que c'est ce casque qui l'empêche de m'entendre mais pas seulement, je me souviens qu'elle est un peu sourde d'une oreille, cela la faisait se tourner discrètement pour vous parler, comme ça, de profil, renforçant son air fuyant, inapte à vous regarder dans les yeux. Sa surdité est le résultat d'une maladie ou bien d'un accident, à ce qu'elle nous a dit, je ne sais plus. Le casque est décidément affreux, il y a des chiures d'oiseau dessus, des plumes collées. « Tu veux me dire quelque chose ? » Elle n'entend pas. Je voudrais qu'elle se retourne pour que je voie ce qu'elle a au visage. De nouveau j'arrive à un feu rouge, j'essaye de lui retirer son casque pour lui parler mais la mentonnière idiote le retient. Puis j'essaye encore mais le temps que ma main l'atteigne, la gamine a disparu.

En arrivant dans le service, on me dit que Dominique ne va pas fort. On lui a remis des antalgiques puissants mais il ne les supporte pas. J'appréhende le moment où l'on me demandera pourquoi on le garde ici, « pourquoi ne pas le laisser rentrer chez lui en paix justement, où il pourra », je connais les mots que je dirais moi-même si j'étais à leur place, « subir le même traitement tout en se trouvant dans un environnement plus serein ». Et puis… je fouille nerveusement dans ma poche où le portable sonne, où son nom est en train de s'afficher une nouvelle fois, je l'éteins. Et puis ? « Il a une addiction avec son téléphone portable, probablement une forme de substitution, courante pour les personnes dans son cas, qui essayent de se sevrer. Le report se fait sur tout objet, ou substance, qui s'avère disponible immédiatement. Et les nouveaux portables font souvent office de. » Je regarde le toxicologue qui vient de me faire la leçon, évitant de lui dire que Dom et moi nous nous appelons plusieurs fois par jour. Que nous nous textotons à longueur de temps, d'un bout à l'autre de l'hôpital. Nous envoyant l'un à l'autre des photos, des articles : moyen que j'ai trouvé, auquel j'ai consenti, pour le distraire. Je sens la pression de plus en plus forte pour le renvoyer du service, où on ne va bientôt plus rien faire pour lui. Je me tourne vers l'infirmière de garde : « Je peux le voir ? – Vous pouvez, mais il dort. »

* * *

Le petit théâtre associatif de Dominique Müller se trouve tout en haut du quartier du Panier, qui à l'époque dont je vous parle est encore un endroit assez rouillé et poussiéreux, dont les murs sont percés par les cris d'enfants footballeurs et de mères fatiguées. Le quartier a d'abord été inventé pour abriter la misère et cacher sa laideur aux yeux du monde, son centre c'est la coupole blanche de la Vieille Charité que Louis XIII avait vouée « à l'enfermement des pauvres et des mendiants ». Mais à l'époque où nous arrivons Manu et moi, tout cela n'a pas encore été rénové et les fantômes « des vagabonds, des infirmes et des orphelins » dorment en paix au fond des ruelles.

Quant au Théâtre d'Été, où nous allons travailler, c'est un vestige plus tardif. Construit en 1718, il n'a presque jamais servi à cause de la Grande Peste qui a éclaté deux ans après son inauguration et qui a possiblement terrassé ses premiers comédiens et ses premiers spectateurs. Faute de combattants et de deniers publics, il a dormi lui aussi pendant des décennies, jusqu'à ce que la mairie du deuxième arrondissement ne décide d'une jolie rénovation et ne confie les clefs à une série de structures associatives qui ont plus ou moins échoué à le ranimer, jusqu'à ce que celle de Dominique ne s'installe un peu plus durablement en faisant le pari du théâtre pour enfants : des cours tout au long de l'année, et des stages réputés exigeants pendant les étés. L'ensemble des travaux a été fait sans gros budget, mais avec goût. Le bâtiment est au fond d'une cour, abritant ses gradins de sièges repliables qui sont séparés de la scène par quelques mètres de béton peints en bleu. C'est un magnifique amphithéâtre arrondi comme un cœur, un seul mur autour de nous et des fenêtres tout du long, assez en hauteur pour laisser entrer la lumière sans que l'extérieur soit visible. Quand il le faudra, le soir des dernières répétitions, et le soir du spectacle, on tirera l'épais rideau noir qui peut couvrir le mur de bout en bout en absorbant la moindre paille de soleil et qui pour le moment se blottit derrière la porte, à gauche de l'entrée, serrant ses plis comme la cape d'un voleur ou d'un roi de la nuit prêt à prendre son envol. Mais pour l'instant on joue en plein jour, dans ce bleu que déverse le ciel par le haut des murs, en allumant très peu les spots. On répète sur la scène et on discute dans l'espace intermédiaire entre la scène et les gradins où nous nous sentons à notre aise, les uns assis au premier rang des sièges, les autres sur les planches. À l'intérieur, ça sent une odeur de préau, l'odeur de plastique qu'ont les lieux où tout semble neuf et encore dans son emballage. Mais à l'extérieur on retrouve la structure ancienne de l'ensemble, de vieux murs en pierres disjointes qui rappellent le long abandon de la petite salle de spectacle après la Grande Peste. Dans la petite cour qui entoure le théâtre, nous sortons fumer et lâcher les enfants à l'heure de la pause.

Dom est désormais avec nous pour accueillir les enfants le matin, « Allez poser vos affaires, allez vous échauffer. » Il leur parle de la scène qu'on va travailler aujourd'hui, il les compte et vérifie qu'ils ont bien un goûter, de l'eau ou une autre boisson, parfois leur fait réciter un petit bout de texte. Il les appelle par leurs prénoms ou parfois par les noms de leurs personnages, « Salut Farid, salut Bastien ! », « Entre Miranda, va mettre ton costume ». On les voit filer vers les coulisses, jeter leurs affaires sur les gradins puis se rejoindre sur les planches, souffler en gonflant les joues, s'étirer, mimer des gestes de karaté pour s'échauffer. « Venez au milieu. Allez là-bas vous mettre en cercle. »

On accueille les enfants à neuf heures du matin, et ils nous quittent à six heures du soir. Ce lundi matin, Manu parlemente avec la maman de Romane. Elles se sont assises sur le banc en pierre qui est ombragé par un cèdre, près de l'entrée. On les voit fumer et manger leur croissant dans cette ombre vert et gris, leurs pieds nus hissés devant elles sur le plat frais et lisse, leurs sandales tombées sous le banc. La mère de Romane porte une robe semée de fleurs ; Manu, en face, est vêtue d'un genre de salopette en lin qu'on achète sur les marchés l'été, un pantalon très large de clown avec des bretelles qui passent sur le côté des seins. Elles discutent avec animation, leurs corps sont tachetés d'ombre, leurs mains volent devant les mots qu'elles prononcent. Je suis devant le théâtre avec d'autres parents, Baptiste qui me dit qu'il n'arrive pas à apprendre son texte et Mario qui demande s'il peut avoir un biscuit dans le paquet que je tiens à la disposition des visiteurs. Mais je ne fais pas attention à ce qu'il me dit, tandis que je vois Dominique qui rejoint Romane et Manu je perds entièrement le fil de ce que je faisais, il s'assoit à côté de Manu, approche sa tête de son épaule pour parler à Louise. Tout en parlant, il joue avec une bretelle de Manu, il glisse une main dans l'espace entre cette bretelle et son dos. Ce geste fait partie du tamis d'ombres et de lumières qui tremble dans l'arbre et tout autour de l'arbre, il est naturel et léger, imperceptible, mais il devient bientôt un point de fusion dans ma tête, qui teinte toute ma vision comme avec les couleurs vulgaires et baveuses de lunettes infrarouge. Je me concentre sur autre chose, tout ce qu'il m'est possible en cet instant. J'enlève son pull à Farid Lashai qui me dit qu'il a chaud, je le retire un peu trop brutalement – arrachant presque son tee-shirt ce qui déclenche l'hilarité de Romane (qui semble tout suivre : sa mère et Manu avec Dom là-bas sous l'arbre, moi ici), « T'es tout nu Farid ! » Il tire vivement son tee-shirt sur son torse d'insecte lisse et luisant, et je m'énerve contre lui plutôt que contre Romane qui pétille d'insolence, « Va apprendre ta scène ! Où est ton texte ? » Mais Farid a perdu son texte, on passe une minute ou deux à chercher dans ses affaires où l'on remue les images Panini de footballeurs, les miettes de biscuits, et une bombe de déodorant Men Expert – mais pas de photocopie dûment distribuée la veille. « Farid et Romane, vous allez faire une photocopie ? – C'est quoi le code ? » J'attrape la main de Farid et trace au stylo-bille sur sa paume ouverte les chiffres de mon code de photocopieur. Je suis soulagée de les voir disparaître tous les deux. À ce moment se dissout l'assemblée sous le platane, dans un écrasement de mégots contre le banc de pierre et des éclats de rire, tandis que des pieds nus se balancent pour se reglisser sous la bride des sandales.

Dominique revient vers moi avec le résultat de la conversation : « J'ai promis un truc à la maman de Romane. » On se sert du café dans le Thermos qui est sur la table à l'entrée du théâtre, où est posée une liasse de notes et de dessins pour faire comprendre aux enfants les prochaines scènes qu'ils devront jouer. « Je lui ai dit que Romane ne ferait pas Caliban. » Je hausse les épaules : Caliban, le monstre difforme et vindicatif, aucun gosse ne veut le faire ; au bout d'une semaine, les caprices des parents commencent à me devenir familiers et celui-là ne me paraît pas particulièrement plus retors que d'autres, par exemple la maman de Farid qui demande que son fils applique son spray déodorant deux fois par jour, et qu'on y veille. Farid qui m'a confié ce matin être stressé, il ne veut pas jouer sa scène mais je lui ai dit que tout se passerait bien. J'ai insisté pour qu'il mette le chapeau que Dom a fabriqué pour lui. Farid a acquiescé : « Pour que j'entre dans le rôle. »

On boit notre café avec Dom en relisant les notes qu'il a préparées. Dom m'embrasse dans le cou : « Il faut respecter les enfants et les parents. On ne fait pas ce qu'on veut avec les gosses. » Il allume sa cigarette à la mienne : « Ils ne sont pas à nous. »

Je lui tourne le dos pour rejoindre les autres parents, et les autres enfants qui arrivent. Ce lundi matin, Joséphine est la dernière arrivée : « Cette semaine, c'est mon papa qui vient me chercher. » Elle a l'air tout à fait contente, pour ne pas dire émerveillée – je m'en étonne au moment où elle se tourne vers l'homme austère, timide, mal habillé qui se tient derrière elle, qui se présente : « Ahmed », et me tend soudainement la main. Sa tête culmine loin au-dessus des nôtres. « On fait la garde alternée avec Adeline. » Jo se serre contre sa cuisse et demande qu'il se penche pour l'embrasser. Il a l'air gêné, comme s'il ne la connaissait pas. « C'est la première semaine où on fait ça. Adeline a eu l'arrivée du petit frère de Jo il y a quatre ans et maintenant comme il grandit, et comme elle il lui faut du temps pour s'en occuper, c'est pour ça. Moi j'habite loin, du côté de Cassis… » Ça a l'air de l'embêter énormément ce trajet, « Bon j'y vais », mais il reste en regardant sa fille agrippée à sa jambe. J'ai envie de lui demander si la garde alternée a été signalée lors de l'inscription au stage de théâtre, si c'est bien en règle tout ça car nous, on ne nous a rien dit. Mais la petite a l'air si heureuse, et confiante, que je ravale cette question trop procédurière. « Elle n'a pas de sac ? – Ah non je savais pas. Bon… À six heures alors, c'est ça ? » Et il tourne les talons tandis que la petite s'en va vers les vestiaires, ravie par ce dernier baiser de géant.

Les vestiaires, au fond desquels se trouvent une cabine de douche et les toilettes, sont deux petites salles à carreaux couleur sable, où les voix aiguës des enfants sont horribles à entendre. Leurs chuchotements crépitent ici comme un feu dans des aiguilles de pin, leurs cris sont acérés par la réverbération et se propagent dans un air qui pue le vieux sandwich au beurre et la chaussette sale, c'est pourquoi, le plus possible, nous n'y allons pas. J'accompagne Joséphine jusqu'au seuil, d'où j'aperçois Félice qui s'est assise au bout d'un banc et se passe les lèvres au gloss rose vif, sachant qu'elle joue une scène importante tout à l'heure ; je dis à Joséphine qu'on lui procurera un goûter puisqu'elle a oublié son sac, puis je la laisse.

Jo met du temps à se préparer. Elle s'attarde seule aux toilettes, tandis que les autres enfants commencent à se rassembler sur le devant de la scène. Puis elle arrive en trottinant de l'air affairé qu'ont les éternels retardataires, elle fend la ronde pour mettre ses mains dans celles de Romane et de Bastien. « Asseyez-vous. Mettez-vous en cercle et asseyez-vous. On va commencer. »

Au début de cet acte, les corps jetés sur le rivage respirent doucement, environnés d'odeurs marines, de lichens. Le sable humide leur gèle le corps et les naufragés rêvent qu'ils sont encore soumis à la Tempête, au milieu des vagues. Elle les soulève et les entraîne avec les vestiges du bateau et ils voient à peine de temps en temps la ligne d'horizon, qui se tend, pâle, derrière la crête des vagues. « Pas tout de suite. Attendez. » Ils avalent la mer par paquets, des litres salés qui hantent leur poitrine et leur bloquent le souffle. « Restez allongés encore, ne bougez pas… Maintenant. » Ils tremblent, leurs mains tâtonnent dans les lichens et le sable écumeux, et maintenant ils se réveillent. Quatre enfants se redressent, s'assoient sur la scène. La Tempête les a-t-elle blessés ? A-t-elle seulement mouillé leurs vêtements ? « Vous restez assis, vous ne bougez toujours pas, Farid, arrête de t'agiter, tu gardes la tête droite. Maintenant : vous ouvrez les yeux. » Ils sont bien habillés, impeccables. Cet horizon qui les regardait de loin, d'un sourire de chat, ils peuvent à présent le regarder en retour, sains et saufs le contempler depuis une rive, environnés par les coquillages et les cris des sternes. Ils sont quatre, à cet endroit de l'île. Quatre personnages joués par ces quatre enfants : Farid, à coup sûr. Félice. Perrine je crois, et peut-être Bilel ? Ils ébrouent leur reste de sommeil, tous les quatre en même temps croisent leurs jambes en tailleur sur cette plage imaginaire et, d'un geste machinal, attrapent et remettent sur leur tête le chapeau déposé par la vague gentiment à portée de leur main, comme un dernier coup de langue de mère chatte à ses chatons. Dom les dirige depuis le premier rang des gradins et leur demande de se lever, « Tout le monde debout, vous vous levez en même temps, vous faites un pas devant vous en même temps. Farid, regarde pas Bilel, regarde devant toi. Debout. Respirez. » Alors ils peuvent reprendre leur souffle et sentir la chaleur du soleil pénétrer dans leurs os. Alors ils contemplent la mer, alors se rendent compte avec stupeur, en les enlevant puis en les remettant, que leurs chapeaux ont échoué près d'eux, qu'ils n'ont perdu aucun de leurs vêtements. Ils sont bien en vie, il reste à peine quelques algues accrochées à leurs baskets – Farid, qui joue le conseiller Gonzalo, vide le sable qui restait dans les poches de son jean ; et ses vieilles Nike, il les enlève et les retourne pour en vider le sable également, puis commence à épousseter les épaules de son seigneur Alonso, incarné par Félice aux lèvres glossées de rose.

Ils s'interpellent : « Monseigneur ! – Gonzalo, mon cher Gonzalo ! » Félice sert Farid contre son cœur et Farid retient son chapeau, ils s'exclament, se congratulent. « Alors vous êtes en vie ! Et vous, Adrian, Sebastian, vous êtes là ? » demande-t-il à tout ce qu'il reste de sa cour et qui se tient respectueusement à côté, Romane et Bastien qui font une révérence de cinéma, un moulinet de la main appris Dieu sait où. Et ils se tombent dans les bras, se checkent et se recheckent poing contre poing et se donnent de grandes claques dans le dos, un festival œcuménique d'accolades et de « te voilà ! » qui sentent le pastis, « t'es toujours aussi beau », tout ce qui se ramasse de congratulations apéritives, affectueux d'une affection à douze degrés au moins, déjà presque trébuchant, Félice à Farid : « Sacré Alonso ! Comme tu m'as manqué ! », Perrine à Bilel « Mon vieux, quelle joie ! Ah ça, quelle bonne surprise. Alors tout le monde est là ? Et notre cher Ferdinand ? Ferdinand ! ». Et soudain, comme on le lui a appris, Félice se met à courir d'un bout à l'autre de la scène, criant le nom de son enfant : « Ferdinand ! Ferdinand ! »

C'est alors que l'île se referme sur eux. Le nom résonne dans le silence où souffle le vent du large (où grésille l'électricité des projecteurs), et Ferdinand ne répond pas, ni personne d'autre. De tout l'équipage du navire, ils se comptent, ils se recomptent, c'est vite vu : ils ne sont que quatre survivants sur la grève et Ferdinand, le fils, fait partie des disparus, des noyés, des cadavres flottant bordés d'écume dans la gueule des récifs, ou la joue posée contre les fonds sableux, en compagnie des tortues. Félice parcourt encore deux fois la plage abandonnée (les lattes brunes et vernissées du plateau) et lance un cri : « Oh, mon enfant ! » Et tombant à genoux face à la mer : « Quel poisson étrange a fait de toi sa nourriture ? »

Farid fait tout ce qu'il peut pour la calmer. Dom l'a forcé à porter un chapeau de théâtre élisabéthain, entouré d'une grande algue verte comme un dépôt de la marée et surmonté d'une mouette en plastique qui semble s'y être posée, ayant confondu ce chapeau avec son propre nid. Les deux enfants vont pieds nus, leurs pas clapotent sur les planches en se pourchassant vivement, comme Dom le leur a demandé. « Je ne vois rien », se plaint Farid dont le couvre-chef aviaire et trop grand retombe sur les yeux. « Marche quand même. » Ils font les cent pas sur cette scène qui est un rivage, cette scène qui était un bateau et qui est une île, un siècle lointain. Félice en prince Alonso se désespère d'avoir tout perdu. Mais Farid Tout-va-bien-se-passer, son benêt de conseiller, alias Gonzalo, est là pour le rassurer. Félice : « J'ai tout perdu ! Je ne retrouverai plus jamais mon royaume ! » Farid (cherchant) : « Mais si, mais si mon prince, on va le retrouver ! » Et il s'approche d'elle, passe un bras autour de ses épaules, mais elle le rejette cruellement et tombe encore à genoux : « Et tout mon équipage ! Morts ! » Farid se remet à parcourir la scène de long en large, levant les mains au ciel, « Ne vous en faites pas ! Ils doivent bien être quelque part ! » Et comme elle rejette encore son embrassade chaleureuse : « Rassurez-vous, seigneur. Ils vont sûrement nous téléphoner… » Elle secoue la tête en signe de pessimisme et d'amertume, « Non, Gonzalo, non. Tout mon trésor a disparu. – Vos coffres pleins d'or… – Ma vaisselle décorée avec des rubis… – Et des turquoises ! Vos vêtements en soie et en lapis-lazuli… – Tout a coulé. Perdu, à jamais. – Mais non mais non, allez allez, ils ne sont pas loin. – Je ne retrouverai plus jamais mon royaume. – Mais si ! – Et mon peuple que je ne reverrai plus, qui va tant me manquer ! – Ils vont vous attendre. – Je ne pourrai plus jamais prélever des impôts. – Je vous promets que si. – Ni couper des têtes. – Ne vous en faites pas monseigneur, nous allons rentrer, et tout va rentrer dans l'ordre. »

Dom dirige toujours : « Marche, fais de plus grands pas ! » Et Félice reparcourt la scène en se frottant les yeux, puis elle roule dans le sable mouillé, les algues poisseuses, les poulpes morts. Farid accourt et la relève : « On le retrouvera, votre royaume ! – Non, Gonzalo. Non, c'est impossible. » Et elle le regarde, tandis qu'il lui prend la main, et elle lui relève son chapeau sur le front pour qu'il puisse mieux la voir dans les yeux quand elle parle : « Gonzalo, tout est fini. Mon fils est mort. Et nous maintenant, nous allons mourir de faim. »

Dans les gradins, les enfants se concentrent. Joséphine Voulant applaudit puis je la vois qui fouille dans un sac tout près d'elle à ses pieds ; c'est le sac de Félice, elle y plonge plusieurs fois la main jusqu'à en ressortir le gloss qu'elle l'a vue appliquer tout à l'heure avec son miroir de poche, qu'elle aussi à son tour se passe et se repasse sur les lèvres, sans miroir, à l'aveugle, avant de le dissimuler comme il était dans les plis du sac. Elle se relève, applaudit. Tout à l'heure je lui ai demandé de m'aider à ranger les plots, comme je l'avais trouvée seule à la pause, toujours semblant chercher quelque chose entre les sacs, et elle s'est empressée. Elle m'a dit, « Pas de problème ! », et « On range aussi les cerceaux ? », et elle a aussi rangé les cerceaux, par couleur, sur les crochets du mur. Puis j'ai bavardé avec Bastien Terreno qui était revenu pour son shoot d'insuline, et je n'ai plus repensé à elle.

La matinée passe et on continue peu à peu la distribution des rôles. On essaye les rôles sur les enfants, on leur met les paroles sur la peau pour voir. Il n'y a bientôt presque plus d'enfant qui n'ait son personnage.

La répétition reprend, l'après-midi. La scène représente l'île, dont la végétation est une jungle de balais-brosses. Des groupes d'enfants la parcourent sur la pointe des pieds, craignant d'éveiller les bêtes sauvages. Ils se croisent à quelques mètres mais la jungle les empêche de se voir, ils croisent leurs amis sans s'en rendre compte, en croyant qu'ils sont morts. Surtout, l'atmosphère particulière de cette île les fait douter non seulement de la survie de leurs camarades, mais de la leur. L'état dans lequel ils se sont réveillés, les parfums de l'île, la musique qu'on entend, ne leur permettent pas de savoir s'ils sont eux-mêmes vivants ou morts. Si la mort, ce ne serait pas cette marche dans la jungle, guidé par le son d'une flûte sans musicien.

Cette scène de morts-vivants rassemble tous les enfants pieds nus sur les planches. Dominique les dirige d'une voix douce. Ils doivent marcher les yeux fermés en se tenant par la main. Une intuition puissante leur évite de se cogner les uns aux autres, ou très rarement ; en ce cas ils attrapent quelques branchages au sol et les lèvent devant eux puis se figent pour faire croire qu'ils ne sont que des arbres. « Marche tout droit Romane. Lâche pas la main de Farid. » Dominique a grimpé sur la scène, il les oriente de sa voix. « Farid et Romane, marchez plus doucement. » Ils tâtonnent. La scène doit être immense à parcourir ainsi les yeux fermés, interminable. La ligne droite s'épuise vite. « Félice et Bilel, baissez-vous, comme si vous vouliez être cachés par les branchages. » Et Félice, Bilel, et Morgane un peu plus loin, se baissent davantage, et se mettent à marcher encore plus précautionneusement. Des groupes se sont formés, en nombre aléatoire, deux, quatre, six matelots aveugles traversant l'île en se tenant la main. Plus les groupes sont nombreux et plus leur marche est erratique, comptant autant de personnes qui imaginent chacune, derrière l'obscurité de ses paupières, ce qui doit être « tout droit ».

« Il nous faut un Ariel, il nous faut un Caliban ! Qui va les jouer ? » Les enfants écoutent, assis tout autour de Dom. « Il faut des gens pour faire les serviteurs de Prospero. Qui n'a pas encore de rôle ? Tia et Morgane vous faites Ariel, d'accord ? » Tia se lève et va s'asseoir à côté de Morgane dans le cercle, elles ont l'air ravies. « Tia et Morgane vous êtes Ariel, vous êtes une musique, un feu qui danse. »

Puis, Dominique parcourt des yeux l'assemblée qui se tait. Il ne reste plus qu'un personnage à désigner, un personnage qui porte des fagots de bois. Qui se saoule à mort sans même connaître le mot « vin ». Auquel la forêt a fait, quand il la traversait, quand il l'a habitée de sa solitude et de sa haine, des entailles que personne n'a jamais soignées. Quelqu'un dont la peau est couverte de feuilles et de nids d'insectes. Ce personnage, il marche courbé, dans cette île qui le connaît depuis toujours. Ses jambes sont pleines d'œdèmes et velues, sa peau mordue et scrofuleuse, il pue, et parle à peine le langage des hommes. Il est au ban de tout. « Et il faut quelqu'un pour faire Caliban. Qui va jouer Caliban ? » Farid demande « C'est celui-là qui a une malformation ? » D'autres interrogent : « Celui qui se lave jamais ? » Romane ajoute : « Celui qui est un esclave ! » Dom : « C'est le premier être humain qui a vécu dans cette île, il nous faut un acteur de talent. Il est le fils de Sycorax, la sorcière d'Alger. – Ah oui, c'est le fils d'une Arabe ! – C'est un Arabe alors ! – Il pue ! – Il est déformé ! Avec une bosse dans le dos. » Un cri éclate dans un rire faux, exultant : « Rhaaah ! Sycorax ! » Puis plus rien. Personne ne veut le jouer. Le théâtre résonne des souffles de ces faux matelots qui semblent à présent tous planqués dans les broussailles.

Soudain on entend : « Moi je verrais bien Joséphine dans ce rôle. » C'est Romane, vêtue des atours de Miranda (le rôle qu'elle partage avec Leslee), un body vert aux déchirures dorées, une couronne de lianes semée d'hibiscus, qui a parlé, c'est dit gentiment. « T'es d'accord, Jo ? » demande-t-elle en s'asseyant à côté d'elle dans le cercle, et en posant une main sur son épaule. Farid : « C'est vrai, elle a pas joué pour l'instant, Joséphine. » Romane : « Elle est timide Joséphine, elle joue jamais. » Et Félice en face, dans le cercle, ajoute à l'adresse de Dom : « Ça lui ferait du bien. »

Dom, lui, s'agenouille devant Joséphine qui, depuis qu'elle a entendu son prénom dans la bouche de quelqu'un d'autre, rien qu'une fois, n'arrête pas de sourire. Il pose une main sur son épaule, et elle sourit de plus belle. « Ça va, Joséphine ? Tu seras super. » Joséphine sourit par-delà le visage qui la regarde, aux anges de l'île, aux projecteurs jaunes qui illuminent la scène. Elle se tient les mains, ses doigts se crochetant les uns dans les autres pour ne pas trop bouger, pour accueillir sans faire un faux mouvement ce moment d'élection, de gloire, où on lui parle enfin à elle, Joséphine, même si c'est pour l'appeler d'un nouveau nom. Son sourire est grand comme l'amphithéâtre, et sans que rien lui soit demandé dans cet instant elle se met debout, parcourt du regard le cercle des autres, ses mains toujours crochetées l'une avec l'autre comme tenant un trésor, un présent fabuleux, dans cet instant de gloire inimaginable elle s'avance légèrement dans le cercle et, comme inventant l'usage en vigueur, elle incline légèrement le buste, « Tu seras super » résonne encore dans l'air vibrant de ces poussières qu'on trouve dans les théâtres, ces poudres étincelantes suspendues dans les spots, elle regarde ses camarades et, ravie, elle salue.

On accueille les enfants à neuf heures du matin, et ils nous quittent à six heures du soir. Chacun est rendu à son parent, on voit les paires asymétriques retraverser la cour, un grand avec un petit comme un seul et grand mammifère, s'éparpiller dans la cour en s'échangeant des bisous et des chocolatines, en grognant un peu ou en riant de plus belle. Pas un jour, cette semaine, le silencieux Ahmed ne franchit le portail. Chaque fois qu'elle aperçoit son père, Joséphine laisse derrière elle sa vie de Caliban, se dépêche de le rejoindre de l'autre côté de la rue et de poursuivre comme elle peut ses grandes enjambées, après qu'il a saisi et emporté à des hauteurs inaccessibles le gros sac à dos dont elle est finalement équipée, qu'il a pu lui trouver et lui prêter, un sac à dos noir frappé du logo de son entreprise de BTP.

Nous restons quelques minutes à l'intérieur du théâtre où les voix des enfants résonnent encore, diffractées par l'enceinte en béton comme des milliers de brindilles. On range et on laisse retomber l'excitation de la journée, on se pousse dans la réserve où s'entassent les plots et les cerceaux, où la main de Dom me retient pour m'embrasser. Pendant la journée nous nous sommes ignorés, concentrés sur le travail des enfants et sur tous les gestes de l'organisation, et là dans les coulisses nous nous effleurons à tout propos, échangeant des mots brefs et essoufflés entre les piles violettes de tapis de yoga.

Après on va se baigner. Nos deux ombres nous précèdent dans la ruelle. Dom connaît des plages. Je le suis, en surmontant les digues que forment des voitures garées n'importe comment, des barrières en métal et des haies de lauriers hirsutes, oubliées. On plonge par le côté d'une jetée en béton en faisant gaffe de ne pas se couper à des canettes de bière et d'Orangina, on fait de longues brasses presque immobiles en regardant la ville qui nous regarde, elle, de ses hauteurs grises et dorées. On s'arrête quand on a pied, près de plages en béton pas plus grandes qu'une place de parking. Dom se colle à moi puis soulève ma taille et m'allonge dans l'eau : « Vas-y nage. » On tourne le dos à la ville à présent, on nage. Il me caresse les seins pendant que je le porte sur mon dos léger et insistant, un bras passé autour de mon ventre et l'autre nageant, équilibrant d'un équilibre instable l'embarcation que nous sommes, loin de la ville. « Nage. » Je laisse mes fesses caresser son sexe et je nage. « Avance. » On continue cinq minutes notre route vers la côte algérienne, Marseille derrière nous semble-t-il ne nous regarde plus et la main de Dom se glisse sous l'élastique de mon maillot, se fraye à l'intérieur sur les parois humides et douces comme ces roches polies par l'infini des vagues qui nous offrent une escale de temps en temps, et dont la surface est si mouillée qu'elle nous paraît vivante. On se caresse, on nage encore. De temps en temps on se retourne. Vue de la mer, la ville est close comme un visage, on sent à peine son souffle mêlé aux mille vaguelettes qui nous entourent. Dom m'a fait retirer mon maillot, que j'ai enroulé sur mon bras en faisant une pause près d'une bouée de signalisation verte d'algues et nous avons repris la nage, ses doigts glissant dans mon vagin qui s'entrouvre quand s'ouvre la brasse, ses flancs entre mes cuisses qui le caressent quand elles se referment. Nous gagnons la rive et nous nous serrons au pied d'une falaise qui soutient mon dos tandis que lui et moi disparaissons dans le plaisir, dans une faille invisible de la ville, invisible et profonde, inaccessible au temps.

* * *

À l'hôpital, c'est vrai que Dom est beaucoup sur son portable. Le grand Samsung en aluminium noir, qu'il s'est offert pour le boulot, est toujours dans ses mains quand je viens le voir. Alité ce jour-là encore (mais il s'est habillé, il a mis : un jean, un tee-shirt avec une chemise épaisse par-dessus, à moitié ouverte, et les manches un peu retroussées), il pose sa main contre mon dos tandis que je m'assois à côté de lui et lorgne le petit écran. Ce sont des photos anodines de vacances : un camping près d'une mer un peu sauvage, le genre de plage où on ne va pas en famille. Tu sais pas où planter ton parasol. Il y a des falaises rocheuses, il y a des pins qui ont poussé en vrac au bord de ces falaises, comme si le vent avait semé leurs graines sans la censure d'aucun jardinier. La légende : « Roumanie, été 2015 ». Un homme de vingt-cinq ans serre par la taille une naïade du même âge, ils sont tous les deux en maillot de bain et sourient à l'objectif d'un appareil photo de téléphone portable, probablement semblable à celui que tient Dom en ce moment entre ses mains. « Tu le reconnais ? » Je ne reconnais pas, non, mais je sais lire : « Farid Lashai. » Un écran plein de photos de vacances, ledit camping en Roumanie, suivi de quelques escapades dans ce que je reconnais comme la Bretagne. « Vous êtes amis ? Comment il va ? » Farid Lashai va bien, merci. « Tu les retrouves facilement ? – C'est eux qui me recontactent, généralement. » Il caresse encore mon dos, se redresse sur le lit, « Ils veulent savoir comment je vais, ce que je deviens. » Sur ce, la porte s'ouvre et laisse entrer la silhouette blanche et rapide d'une infirmière : « Tout va bien monsieur Müller ? » et, sans s'occuper de notre conversation, sans attendre que je me lève, « On fait la prise de sang ? – On est prêts ! C'est toujours un plaisir », répond-il, et il commence à dérouler la manche de sa chemise pour dégager l'emmanchure, puis il la remonte haut sur son avant-bras constellé de taches brunes et grises, souvenir des baisers d'amoureuses aiguilles qui ont connu ce bras après moi. L'infirmière a l'habitude, je me suis levée, elle s'assoit près de lui, caresse du plat de la main le poignet tavelé, « Tout va bien aujourd'hui ? – À partir du moment où vous êtes là… », elle sourit et passe l'avant-bras au désinfectant, « Je serais prêt à vous donner tout mon sang si vous le vouliez », elle relève son visage vers lui et sourit, c'est un sourire gêné, elle a l'air pressé, « Tendez bien le bras monsieur Müller, allez-y, serrez le poing », la sangle en caoutchouc orange raye son bras et je vois le dégoût sur le visage de la fille qui essaye de le masquer de paroles, « Là, je ne vous fais pas mal ? », preste elle retire la première fiole rouge sur le bord de la table, « Encore trois et je vous laisse tranquille. – Vous ne me dérangez pas » et il lève les yeux vers moi, amusé, pas mécontent, elle doit le prendre pour un déficient mental, « Vous pouvez en prélever plus si vous voulez, ça ne me dérange pas du tout », on dirait qu'elle se dépêche, que le sang est poisseux, qu'il ne coule pas assez vite à son goût, lui reste calme, elle : « Ça ne sera pas long », elle m'énerve cette fille, elle parle trop, et pourquoi regarde-t-elle ailleurs quand elle pique, ce n'est pas comme ça qu'on doit faire, qu'elle fasse un autre métier si ça la dégoûte. « Plus que trois, monsieur Müller. – Vous pouvez en prendre dix si vous voulez, qu'est-ce que vous en pensez ? », elle regarde vers moi avec désespoir, « Ça vous fera du stock. Mais si voulez revenir demain ou tout à l'heure je n'ai rien contre. » J'ai approché ma chaise pour surveiller l'opération et c'est alors que je vois ce que voit l'infirmière au-dessus de la saignée du coude, le tatouage qui la regarde depuis tout à l'heure, et qui me regarde moi à présent.

« Qui t'a fait ça ? » Je vois à mon tour, sans pouvoir déchiffrer tout de suite l'image vibrant sur la peau. C'est un squelette, qui me contemple de ses yeux globuleux, mais pas seulement, un squelette avec une grosse bite qui bande. Il la tient à pleine main de sa main d'os articulée comme une araignée de cauchemar. En voyant l'image j'ai le sentiment d'un rapt car j'ai beau la regarder, pendant quelques secondes je ne comprends toujours pas : dans ce squelette tout me paraît normal. La dépossession des organes et des chairs, qui n'a pas affecté ces endroits : les yeux et le sexe, ça me semble naturel, évident. Je cherche dans ma mémoire où j'ai déjà pu voir ce tatouage, cela remonte à des souvenirs d'internat quand je prenais les gardes aux urgences, je l'ai vu sur des clodos, je crois, des gens qu'on nous envoyait l'hiver quand il ne restait pas de place au centre d'accueil spécialisé à Nanterre. Je fouille dans ma mémoire pour trouver le sens de cette apparition de la mort, en totale harmonie avec la persistance des yeux, de la bite, qui me regardent, qui se dresse ; le contrôle osseux de la main donnant l'impression d'une présence habituelle des bites dans les squelettes, des globes oculaires dans les orbites des morts. Il me faut encore quelques secondes pour comprendre l'impossible de cette image, et que ces appétits si impérieux, de baiser et de voir, les squelettes ne l'ont pas – sauf celui-ci, en encre rouge et noire.

Et ce matin de décembre, dans sa chambre d'hôpital, Dominique m'a raconté la réalisation de ce tatouage, « une vingtaine d'heures environ, j'ai dû venir deux fois par semaine pendant un mois ». Ça devait être un an après les faits, il traînait beaucoup sur les quais du côté des Catalans et tout le long de la route nationale au-dessus de la mer, il disait que c'était sa promenade mais en fait c'était devenu sa vie, il ne parlait plus à grand monde et le temps du tatouage ses seuls amis ont peut-être été les gens qui tenaient cette boutique et leurs clients, qu'il ne connaissait pas avant ce jour où, passant dans la rue, son regard avait été attiré par les dessins de démonstrations qui étaient scotchés sur la vitrine, et qu'il s'était arrêté longuement pour les contempler. Ces images photocopiées, toutes en pointes et en lacets noirs, évoquaient des univers distants comme des soleils : un Moyen Âge qui semblait sortir de l'imagination d'un enfant de dix ans, des alphabets d'Orques et de Nazgûl, une pornographie pour vampires, des armes fourbies contre des monstres qui devaient vivre à l'époque glaciaire ou bien sur des planètes auxquelles on n'aborderait pas avant plusieurs siècles – Dom avait poussé la porte.

« Il y avait une petite cour où on se reposait, le tatoueur et moi, quand l'encre commençait à me faire trop mal, ou qu'il devenait trop fatigué pour se concentrer. » Ils restaient assis tous les deux sur des chaises longues, sous un figuier. Le tatoueur avait un petit garçon qui habitait au fond de la cour avec sa mère, Dom ne comprenait pas vraiment s'ils étaient encore ensemble, Éric et elle, mais c'était leur maison à tous. Le petit garçon s'asseyait sur les genoux d'Éric ou de Dom, en leur apportant des livres pour qu'ils les lui lisent. La mère aussi venait parfois – Rima, elle s'appelait, un nom qui plaisait à Dom, et elle aussi elle lui plaisait. Elle était couverte de tatouages, des fleurs, des ossements, des histoires qui se déployaient jusqu'à sa nuque, jusque derrière ses cuisses, des personnages de marins, de morts-vivants, des slogans de paix et de haine qui serpentaient le long de ses bras, jusque sur ses phalanges. Ce n'est pas Dom qui a choisi son tatouage de squelette libidineux, c'est Rima : avant de commencer, ils lui ont dit qu'il devait raconter ce qui lui était arrivé, et par rapport à ce qu'il avait dit « et qui était vraiment de la merde », je peux pas la contredire là-dessus, Rima a choisi le dessin dans un des grands albums qu'Éric gardait sous le comptoir. Au début, Dom a trouvé ça assez moche mais il n'a rien dit, justement, ça tombait bien, c'est ce qu'il pensait mériter – de même que des aiguilles plus ou moins propres, il s'en foutait, ou des nuits sans amour et sans capote comme il en vivait à ce moment-là, et surtout sans capote. Car il a eu largement le temps pour la choper, son hépatite, mais il a bien fallu qu'il la laisse entrer d'une façon ou d'une autre et selon toute apparence, à cette période précise, il y aura mis un maximum de moyens. Donc il a demandé le prix de la prestation pour le tatouage et comme il lui restait juste assez d'argent de côté il a dit d'accord, et Éric a proposé qu'ils commencent le lendemain. Et ainsi, pendant la petite dizaine de séances : les encres qui infusent sous la peau, le figuier, la bière, les deux visages coloriés et cicatrisés de Rima et d'Éric, les histoires du petit garçon, et ainsi de suite, pendant un mois.

« Et après cela, j'ai repris le boulot. » Après cela : comme si le tatouage l'avait aidé à passer un cap, ce genre de superstition. Je crois surtout qu'à partir de là il avait le microbe et que sans le savoir, il sentait que c'était une bonne chose, qu'il était enfin chargé de son lot de mort comme ces bateaux qui repartaient heureux de faire du commerce sur de nouveaux rivages pendant que des rats pestiférés proliféraient dans leur cale. Mais il m'a dit, avec un visage enfantin, avec un sourire de mec qui a trouvé Dieu, et que j'aurais pu baffer : « Ça m'a fait du bien, ce dessin m'a apporté une forme de sérénité. »

Après cela donc il est retourné sur les chantiers, je suppose que son père l'a repris – le scandale commençait un peu à dater, et ça devenait embarrassant d'avoir ce fils qui ne foutait rien et à qui il continuait de payer son appartement. Du point de vue de Dom, ça restait ce qu'il pouvait faire de mieux, c'était même bien supérieur à ce qu'il aurait pu trouver autrement en l'état de ses diplômes, et depuis son lit d'hôpital il me raconte un peu les activités de la boîte dans la périphérie de Marseille, le long de la côte, il déroule des terrasses bétonnées et du faux gazon, il creuse des piscines. Il me dit qu'il est chargé du recrutement des équipes, en général c'est très facile d'embaucher de la main-d'œuvre mais une ou deux fois il va même en Pologne et en Bulgarie pour traiter avec des agences d'intérim, et quand son père prend des vacances il est de plus en plus patron à la place du patron, il apprend le métier, il prend de l'assurance, il retrouve ses anciens amis. Une infirmière entre dans la chambre, interrompt son explication sur les contournements de la fiscalité d'entreprise pour lui changer sa poche de sang. Il est en manque de globules, en manque de fer, de tout. Elle en profite pour lui remettre un patch de nicotine sur l'épaule, et je vois bien aussi qu'il en profite pour respirer dans son cou, et pour donner, et pour recevoir, un sourire. En manque de tout. « Je touchais mon salaire plus une prime par chantier. » Il me raconte que de temps en temps, il retourne chez le tatoueur, que ça lui fait plaisir, il va leur rendre visite sous le figuier pour lire une histoire à l'enfant qui grandit et quitte un jour la maison. Mais on m'appelle dans le couloir pour me donner mon planning de rendez-vous de cette après-midi. J'approche ma chaise de lui, mais l'infirmière entre et sort à nouveau pour lui administrer ses médicaments, elle dit qu'il est fatigué et c'est vrai que souvent il s'endort au milieu de nos conversations, au milieu d'une phrase.

* * *

Je me suis rappelé que c'était vendredi en voyant la mère de Jo devant la grille, à la place du grand Ahmed. Elle est arrivée en avance. Je l'ai aperçue en sortant répéter une scène dans la cour avec Mario : elle attendait sur le trottoir d'en face. Elle fumait et babillait, racontait des histoires au petit frère qu'elle tenait par la main. Au bout de cinq minutes, elle a traversé la rue, elle m'a parlé à travers la grille et comme si je ne l'avais pas assez remarqué : « Je suis en avance. » Je me suis interrompue, je l'ai rejointe pour me faire entendre à mon tour. Elle mâchait fortement un chewing-gum, la main du petit gars était serrée-serrée dans sa main à elle mais elle faisait tout pour sourire, avoir l'air calme. « Je peux la récupérer ? »

Elle était toujours aussi belle, Adeline Voulant : le teint illuminé par de grandes créoles, un rouge à lèvres subtil et une blondeur de primitive flamande. Avec ça, un jean serré sur un cul d'adolescente, des bras maigres comme des allumettes armés d'un sac à main assez chic, et ses grosses baskets Nike à virgule dorée. Elle m'a souri et son sourire était magnifique, il la rétablissait à tous les coups dans son halo de vierge italienne quoi qu'elle fasse, quoi qu'elle puisse porter ou dire. J'ai fait celle qui ne comprend pas. « Vous êtes la maman de Jo c'est ça ? – Je suis un peu en avance, par rapport au petit que je viens de chercher à la piscine, mais ça m'arrange de pas attendre… – Non, désolée. C'est dix-huit heures pour les parents… – C'est dans quarante minutes. – Je sais bien. » J'ai reculé à deux pas du portail, à l'abri. « Je suis désolée c'est la règle. On ne peut pas avant. On a du travail, on a besoin de Jo.

Désolée, vraiment… » J'ai marché vers le théâtre avec Mario, on est rentrés avec les autres.

À l'intérieur, ils se sont bientôt mis à ranger, à éparpiller les miettes de leurs goûters dans les gradins, et à débarbouiller leur maquillage devant les miroirs du vestiaire. Le temps de sortir et les parents étaient tous là, plaisantant entre eux dans la cour qu'on leur avait ouverte et récupérant leurs mômes un à un, on les voyait disparaître par la grille. Dom est venu vers moi pour me demander : « Joséphine est encore aux vestiaires ? Tu peux aller voir ? » Et je ne l'ai pas trouvée. Ni dans les vestiaires, ni dans les coulisses ou dans la cour où il y avait encore Farid avec son père. « Farid, tu n'as pas vu Joséphine ? – Non, je sais pas. »

On s'est mis à appeler. On a crié le nom de Joséphine dans la cour, dans le théâtre, au réfectoire. Puis on a téléphoné à tous les autres parents qui auraient été susceptibles de la ramener, s'ils habitaient le même quartier, mais personne ne l'avait vue. Manu a proposé d'appeler la police mais la mère a refusé, « Vous allez voir, je la connais, elle va revenir », et constatant sa confiance froide nous avons continué seuls nos recherches, dans le théâtre et dans le quartier. La mère a ajouté : « Si vous m'aviez laissé la prendre tout à l'heure, ça serait pas arrivé. » Elle est allée ramener le petit frère à la maison pour le confier à une voisine, et elle revenue avec son mari, le beau-père de Jo. Elle s'est mise à invectiver Dominique, à le traiter d'incapable, de débile, et sous nos yeux ébahis celui-ci ne répondait rien. Il jetait des regards inquiets vers le beau-père qui pourtant ne disait pas une parole, ne faisait aucun commentaire tandis qu'Adeline expliquait que les règlements de cet endroit ne servaient à rien sauf à lui gâcher la vie.

« Tu viens ? » Je sens la main fraîche de Manu se poser sur mon épaule – on a depuis longtemps battu en retraite en prétendant qu'on allait continuer à chercher la petite fille dans le quartier, et nous quittons à nouveau une impasse où nous n'avons réussi qu'à réveiller un chat. Nous savons qu'il y a peu de chances de retrouver Jo de cette façon aléatoire mais c'est nous-mêmes que nous sauvons pendant ce temps, loin du théâtre où l'on étouffe, de l'attente inutile dans la cour avec Dom surchauffé et la mère retombée dans son silence.

On marche longtemps tandis que la nuit tombe sur le boulevard des Dames de plus en plus vide de passants et livré aux voitures, on la voit glisser son ombre dans les escaliers, par les ruelles, et envelopper le dôme phosphorescent de la Vieille Charité. Partout, je marche à la suite de Manu, de sa robe noire tachée par le doré des lampadaires. Au bout d'un moment, comme on ne sait plus où chercher, on s'assoit en haut d'un escalier, épuisées, Manu la tête contre un mur, ma tête sur l'épaule de Manu. On s'endort et on perd la notion du temps.

Puis on descend vers le Vieux-Port. On se retrouve avec quelques fêtards qui boivent des bières le long du gréement, et une dizaine d'ouvriers africains sans foyer qui doivent attendre d'être les premiers sur le marché, pour aider à décharger les camions, et qui se reposent là, les bras croisés sur la poitrine, la tête sur leurs sacs à dos. On s'assoit nous aussi au bord du quai, on trempe nos pieds fourbus à la surface de l'eau. Près de la guérite où l'on prend son ticket pour les îles du Frioul, on reste à respirer l'odeur de la mer, à regarder les bateaux de plaisance endormis flanc contre flanc et tremblotant dans le ressac avec leurs mâts debout, comme de grands animaux qui ne peuvent jamais se coucher pour dormir.

On n'ira pas au-delà : notre zone de recherche ne semble pas s'étendre davantage. La Canebière et Noailles apparaissant comme des pays frontaliers jusqu'où la petite fille n'ira pas, c'est sur cette rive que l'on s'arrête. De là, en observant la nuit et les reflets sur l'eau, j'imagine qu'on a pu envisager amplement les conséquences de ce qui venait de se passer, l'annulation du stage, la suspension de nos salaires d'été, et on a commencé à se demander s'il nous faudrait ou non retourner à Paris…

Mais devant nous, dans un des groupes, on aperçoit un buveur de bière qui se lève, on le voit qui vacille d'engourdissement et de fatigue, et va pisser dans l'eau à quelques mètres de ses camarades. Puis au lieu de faire demi-tour pour les rejoindre, il continue sa trajectoire assez longuement puis ralentit, et se penche… Une toute petite personne est assise là, on pourrait la confondre avec la borne d'amarrage contre laquelle elle a appuyé sa tempe. Le buveur s'accroupit, il commence à lui parler. Puis il appelle et fait des signes pour faire venir ses copains.

Quand on les rejoint, Joséphine lève vers nous un visage qui ne dit ni pardon ni merci, et qui est plus blanc que jamais sous la lumière artificielle. À côté d'elle se trouve son gros sac à dos. Elle se met debout, elle secoue ses jambes comme si elle avait attendu trop longtemps immobile. Manu se penche vers elle, elle lui dit « Tout le monde t'attend », et Jo prend la main qu'elle lui tend. On remercie la compagnie et on remonte toutes les trois vers le théâtre : Manu tenant Jo par la main, et moi son sac à dos qui est très lourd, comme chaque fois qu'elle doit changer de maison. Jo marche entre nous très calmement.

Lorsque nous arrivons, la nuit a amené dans la cour l'odeur ferreuse des grilles trempées d'humidité. Dom se lève le premier, il appelle, et on peut voir la silhouette d'Adeline se détacher du mur contre lequel elle est assise, elle s'approche et dit à Joséphine « Tu as changé d'avis ? » – et après ça, elle ne dit plus un mot, soit qu'elle se rende compte que sa parole trahit sa colère, soit qu'elle n'ait plus envie du tout de parler à sa fille... Du côté de Jo je crois voir un éclair ironique, une moue de vieillarde méchante et menteuse traverser son visage et se dissiper en même temps quand elle dit : « J'avais peur ensuite qu'on me gronde. »

La phrase se termine avec la placidité, la gentillesse bébête de son sourire habituel tandis que, lâchant celle de Manu, elle met sa main en toute urgence dans celle de sa mère, qui l'accepte sans mot dire, raide toujours, et muette. Passée sur cette autre rive Jo nous regarde, Dom, Manu et moi. Et ajoute : « Est-ce que je pourrai revenir lundi ? » Elle regarde Dom avec insistance, comme vidant ses poches de toute sa fortune pour obtenir un peu de soutien.

« Qu'est-ce que tu tiens, là ? C'est quoi ce truc ? » Jo tend docilement à sa mère l'objet dégoûtant qu'elle a gardé dans sa main pendant tout le trajet : c'est un casque couvert d'écorces et de fausses coulures de guano, le couvre-chef qui a été confectionné pour son personnage. « C'est pour mon rôle », dit-elle en reprenant doucement le casque dans ses mains. Elle semble parler à sa mère dans le vide, à l'intérieur d'un espace sans oxygène où le son de sa voix ne l'atteint pas mais pourtant elle s'agrippe et insiste, lui serre la main plus fort tandis que celle-ci s'arrache à notre cercle, remercie, esquisse un pas déjà vers la sortie.

Troisième semaine

« Ça me fera un beau royaume »

Je me suis réveillée ce matin dans le lit de Dom, la lumière cherchant mes paupières à travers les lattes des volets était encore douce. Je ne comprenais pas pourquoi le réveil avait sonné aussi tôt et pourquoi Dom était déjà levé. J'ai fait quelques pas jusqu'au salon sans le trouver, et enveloppée comme un chef sioux dans le drap empli de son odeur, je me suis assise sur le canapé. Devant moi sur la table basse était le mégot du joint qu'il avait fumé pendant la nuit, dont le moignon et les cendres étaient tout ce qui restait de lui entre ces murs. Je me suis assise en tailleur et j'ai fumé les dernières lattes, le temps d'une méditation assez abstraite mais dont émergea le souvenir que c'était aujourd'hui le jour : le jour de la calanque. Aujourd'hui il fallait un gros sac, avec pique-nique, jeu de cartes ; il fallait des baskets avec un bon amorti et des stocks d'eau pour tenir longtemps. Et il fallait être en avance pour les préparatifs, car le bus viendrait très tôt nous chercher.

Je me dépêchai car Dom était impatient et irritable depuis deux jours – je ne savais plus si j'avais bien fait de transporter mes affaires et de m'installer dans son appartement. Cela m'éloignait de Manu, que je ne retrouvais plus le soir pour bavarder dans la cuisine ou sur notre petit balcon, et qui prenait ses distances aussi dans la journée, au théâtre. Quant à Dom, ce qui s'était passé avec Joséphine l'avait obligé à se justifier auprès des services municipaux en charge des loisirs et de la jeunesse, et on avait constaté que la garde alternée de la petite fille n'était pas régulière, que l'arrangement entre les deux parents une semaine sur deux n'était pas inscrit chez un juge – théoriquement la petite aurait dû rester chez son père, mais comme celui-ci travaillait trop, sur des chantiers du côté de Cassis, il avait obtenu ce deal très précaire avec Adeline. Dom connaissait bien Adeline, dont le mari était un entrepreneur du BTP assez implanté dans la région – et Dom ne voulait pas de problèmes avec le mari d'Adeline. Les remontrances venues de la mairie, qui étaient restées tout à fait polies, raisonnables, « Vous essayez d'avoir quelque chose par écrit de la part des parents, au moins une lettre, une autorisation sur papier libre signée par les deux, les juges savent bien que c'est compliqué… », avaient suffi à le braquer. Sa mauvaise humeur s'était reportée sur les enfants, et la veille, il avait fait pleurer Farid Lashai sur la scène, devant tous les autres, parce qu'il avait oublié certaines répliques de son texte – « Tu as quoi Farid ? Tu fais quoi ? T'as du guano dans la cervelle ? Tu crois qu'on va te garder si tu continues comme ça ? » ; et le tirant par le bras pour qu'il quitte la scène, « Moi j'appelle ta mère, je lui dis que t'es pas encore propre, Farid. Qu'il faut te garder à la maison. La maternelle c'est quand les enfants sont propres. Tu nous gâches tout. » Le soir, j'avais réussi à convaincre Manu d'aller boire une bière sur le cours Julien, le temps de le laisser décompresser. Je l'avais retrouvé plongé dans des BD sur le canapé du salon, les yeux rouges de shit, et je n'avais pas réussi à lui parler. Il m'avait juste dit qu'il allait arrêter le théâtre, « un métier de crevard » – qu'il pensait rejoindre son père dans son entreprise de construction de villas et de piscines, où ça gagnait bien.

Mais aujourd'hui serait différent, aujourd'hui le bus nous conduirait loin du théâtre et de la ville. Nous emmenions les enfants, parés de sacs à dos pleins de pique-niques et de jeux de plage, et dans quelques heures nous serions aussi heureux dans la calanque que des naufragés au jardin des délices. De toute façon, dans mon état, Dom pouvait dire ou faire ce qu'il voulait sans que je réagisse. Je vois bien aujourd'hui que toutes les tensions ou les disputes qui apparaissaient déjà entre nous étaient anéanties par l'obsession que j'avais de lui. Je m'endormais et m'éveillais toujours pensant à lui, la chair tendue et humide, ne cherchant pas d'autres pensées que celles qui me tiendraient dans cet état, des pensées qui étaient des images, qui étaient des odeurs gardées je ne sais comment dans les particules de l'air, des formes et des couleurs restées en transparence dans mon cristallin et qui se révélaient où que mon œil se pose, des pensées qui étaient de la peau, l'endroit où elle se courbe sous les fesses ou celui où elle se tend sur l'épaule, se tend au point de se creuser sous la clavicule, la forme de sa bite, tout ce que l'imagination pouvait me restituer, et ne cessait de me proposer en même temps que la sensation du manque.

Ce matin-là, allant et venant dans l'appartement avec une tartine et une tasse de thé, puis avec mon peigne et ma brosse à dents, je parcourais l'espace intérieur de mon propre corps, je recherchais sans fin les traces qu'il y aurait laissées, s'il s'y serait trouvé d'autres failles, d'autres empreintes, le moindre reste d'odeur ou de caresse dans lequel le désir pourrait s'infiltrer, s'élargir. J'allais et je venais en rassemblant le nécessaire pour la journée, fermant les volets en prévision de la chaleur qui était insupportable ces derniers jours et retendant vaguement le drap sur le lit – et tout en m'attardant dans ces sensations de Dom dont il était absent, je me mis à penser à l'enfant au renard. C'est une légende grecque qu'on m'avait racontée quand j'étais petite et dans cette légende, un enfant – on ne sait pas comment il s'appelle, c'est un enfant de Sparte, la cité guerrière. À Sparte, tous les habitants sont obligés de sacrifier toutes les heures de leur vie à la discipline des champs de bataille, et de respecter ses règlements les plus impitoyables. Et cet enfant, dans un bataillon de l'armée, avait volé – pourquoi ? – ce petit animal sauvage. Peut-être par pitié, c'était un tout petit renard orphelin, ou pour se tenir chaud pendant la nuit. Ou pour avoir un peu de tendresse, pour pouvoir s'occuper de quelqu'un. Mais à Sparte il était interdit de posséder quoi que ce soit, et en gardant avec lui le renard l'enfant avait commis un crime, c'est pourquoi il ne pouvait pas laisser l'animal aller au grand jour, il était obligé de le cacher. Il fallait être très discret, pour ne pas être vu du capitaine des enfants-soldats qui passait en revue le bataillon chaque soir, qui vérifiait leur mise et leur état de santé, leur touchait les dents et les cheveux pour détecter les poux et les scorbuts. Il fallait être très prudent pour que l'animal ne soit ni vu ni entendu la nuit, pendant les courtes heures où il était permis à chacun de se reposer d'un travail éreintant. Ainsi l'enfant avait gardé le renardeau en le dissimulant sous sa tunique. Et celui-ci, qui était fait pour être libre, pour aller partout où il voulait, sous la tunique s'était mis à s'agiter, à se débattre, à griffer et à mordre, dans un grand désespoir. Et l'enfant lacédémonien qui ne voulait pas se plaindre, à la fois parce qu'il était trop fier, et parce qu'il avait peur d'être séparé et puni, n'avait pas osé – pas voulu – chasser le renardeau épouvanté qui s'agitait sous son vêtement, qui avec ses griffes lui labourait la poitrine, qui pris de panique était en train de lui chier dans les plaies. Comment le capitaine des enfants et les autres enfants n'avaient-ils rien su ? C'est que l'autre était resté digne et paisible. Habitué à endurer en silence, de toute la nuit il n'avait ni crié, ni pleuré. Et le matin il était mort de ses blessures.

J'étais dans cet état depuis que j'avais rencontré Dom. Portant dans mon ventre un animal épouvanté qu'il fallait que je calme sans cesse. C'est ainsi que pourtant je me hâtai, glissai mes pieds dans mes Nike et mon corps dans une robe en coton. J'attrapai mon sac à dos et filai dans la montée des Accoules.

Dans la cour du théâtre, le soleil peignait des ombres d'un gris tendre, tout juste troublées par le vent marin et les allées et venues des corbeaux freux qui se rejoignaient dans les platanes. Il devait être à peine sept heures du matin quand je passai la grille d'enceinte : le bus ne serait pas là avant une heure, mais Dom était déjà en haut du petit perron en compagnie de Marcel Huang. Sur le mur du théâtre, le lierre et les charmilles montaient à l'assaut des pierres en s'agrippant aux interstices ; en approchant, je remarquai cette odeur verte et fraîche qui condensait un restant d'humidité nocturne et dès que Dom m'aperçut, il me sourit.

Marcel était le plus timide de nos élèves, et il n'arrivait pas à apprendre son texte, ou bien il le savait par cœur, comme les pages et les pages de partitions musicales qui formaient son quotidien, mais il n'osait pas le prononcer devant un public, ou plus vraisemblablement encore il souffrait de donner la réplique à Mario

Kotchar, l'enfant le plus turbulent du groupe. Dom, que je soupçonne d'avoir initialement fait exprès d'apparier ces deux-là, avait désormais le plus grand mal à donner confiance au petit Marcel. Il fallait lui taper dans le dos, souffler derrière ses omoplates fragiles et mal ouvertes pour le faire avancer. Il faut dire que Marcel devait incarner l'intendant Stephano, qui était pour lui un rôle de composition tandis que Mario allait être le bouffon Trinculo, dont l'ivrognerie patentée semblait être à peu près son état naturel. Ces deux matelots-là avaient été – coïncidence espiègle – recrachés sur le rivage au même endroit que l'intégralité de la cave à vin de leur navire. Ils avaient été débarqués à la même adresse que les bouteilles de rhum. Et ils croisaient à ce moment la route de Caliban, alias Jo, qui leur expliquait les mille et une manières d'assassiner Prospero, le roi de l'île, ce qui leur permettrait d'être à leur tour… Eux, les rien-du-tout ! Eux, les parias ! En se débarrassant de Prospero, de devenir enfin les rois de quelque chose. Stephano et Trinculo, c'était potentiellement un très beau duo de désespérés. Mais face à Mario, Marcel semblait perdre sa langue, et être fait du même bois que la scène où il restait planté.

Dom était près de Marcel comme un père-araignée, genoux et bras sortant tout en os du short et du tee-shirt, ses pieds nus accrochés au rebord de la marche. Il lui parlait des rêves de l'intendant Stephano, juste arrivé dans l'île suite au naufrage, pour la première fois affranchi de son patron, le roi de Naples. « Il fait des rêves-cathédrales, Stephano, non, pas cathédrales », Dom cherche ses mots, « des rêves-caravelles : il veut pas seulement que ça marche, il veut que ça soit grand. Il se dit qu'avec un peu de chance il peut survivre, et quand il aura bien survécu, il sera roi de l'île. Il s'en fout, que l'île soit petite ou que ses parents ne découvrent jamais ce qu'il est devenu. Ce qu'il sait c'est que pour la première fois, personne ne le commandera. Être roi de l'île tu peux te dire que c'est une expression, une façon de parler. Être roi de l'île ça veut dire que personne ne te dira à quelle heure tu dois mettre ton réveil, ce que tu dois manger, ce qu'il faut faire de ta journée. Pour la première fois, tu peux faire ce que tu voudras : ça veut dire ça, être roi de l'île ».

Marcel regarde Dom en hochant la tête. Marcel est un grand amateur de musique, régulièrement il accompagne nos répétitions avec le petit piano du théâtre, et il paraît le faire de bon cœur. Il est beaucoup moins timide derrière un instrument que de vive voix, et Dom lui a proposé de composer et de jouer également des morceaux pour le spectacle, ce qu'il a accepté aussi, certes. Mais compte tenu de toutes les après-midi de répétitions obligatoires que ses parents le forcent à suivre, de ses matinées de solfège, de toutes les croches qui lui picorent la tête à tout bout de champ sans qu'il l'ait tout à fait choisi, je doute que l'enfant soit à ce moment-là roi dans son île. Quand son tour vient il reste pour l'instant immobile, muet – d'invisibles notes noires et blanches bourdonnent autour de sa tête, ses lèvres vaguement fredonnent. Pourtant il écoute et peut-être que le message lui parviendra une nouvelle fois dans quelques années, un jour, un soir où, fatigué, il aura refermé le couvercle de son piano pour entendre murmurer les souvenirs dans la sphère de son crâne. Pour moi, c'est en tout cas ainsi que la pièce par bribes me revient, dans la ville babylonienne et froide où je promène mes pas. Dans les couloirs de l'hôpital où je travaille, je repense à *La Tempête* comme à une curieuse expérience de l'espace et du temps, nous ramenant à l'échelle de petites communautés humaines, bien avant le temps des peuples et des nations, où la distribution des rôles sociaux entre un très petit nombre d'êtres humains permet à chacun d'accéder au titre de roi ou de reine, de ministre, de vice-roi et de vice-reine. Isolé chacun dans un endroit de l'île d'où le reste de l'humanité a disparu, les membres de l'équipage font tous à leur façon quelques vœux pour un royaume idéal, celui dont ils seraient les rois.

Dom : « Dis-le ton texte, Marcel, voilà ton public. » Marcel se leva et je pris place sur la marche à côté de Dom, retrouvant comme mon élément naturel la température de son corps et l'odeur de sa peau, de ses cheveux, le contact de sa main qui vint longer mon dos et se caler contre ma hanche, sans qu'il quitte des yeux le petit comédien devant nous, prêt enfin à parler. Il regardait Marcel, qui attendait dans l'arc d'ombre que traçait le perron, pendant que la main de Dom caressait mon dos et finalement trouvait mon cou, trouvait une prise stable sur mon épaule, et se glissant sous la bretelle de ma robe recréait un peu l'intimité de la nuit. « Allez Marcel, reprit Dom, allez maintenant : roi de l'île. »

Marcel recula d'un pas de plus et dit tout bas : « Je serai roi de l'île. » Il portait un bermuda à carreaux, et un polo, il était bien coiffé, c'était l'enfant le plus sage de la planète, il serait mort plutôt que d'oublier ses affaires ou de prononcer le mot putain qui venait si facilement à la bouche de ses camarades, avec un « g » final invisible et vibrant – mais depuis trois jours il ne savait pas son texte… Cherchant appui dans le regard de Dom, soudain, à voix haute, il commença sa déclaration de politique générale : « Je serai roi de l'île. » Ça y est, on l'entendait cette fois. Ça voulait dire enfin quelque chose, « roi de l'île », ça voulait dire quelque chose au moins autant que double-croche, solfège ou partition, un mot qui collait au monde et surtout au corps, l'ombre recousue aux pieds de Peter Pan quand elle ne se promène plus seule comme un chiffon vide. Marcel, surpris, découvrant l'écho de sa parole, se tut à nouveau quelques secondes – mais ce n'était plus le même silence, celui-ci enfin était plein de musique et d'images. Dom alluma une cigarette et se cala en arrière sur ses coudes, puis la cigarette il la tint au bout de ses doigts pour marquer une petite mesure, et lui fit signe de reprendre. Marcel acquiesça : « Je serai roi de l'île. Ça me fera un beau royaume. Il y aura tout le temps de la musique, elle sera gratuite. Il y aura des bouffées d'harmonie qui sortiront des sous-bois, de l'ombre des forêts. On fera un feu de camp le soir pour s'endormir et la musique jouera toute seule, voilà tout. Il y aura du vin. Il n'y aura pas de prison. » Pendant qu'il parle, il faut se figurer qu'il porte des hauts-de-chausses à boutons de nacre et qu'il reste encore quelques algues emmêlées dans ses cheveux. Marcel cherche la suite de son texte, qu'il a écrit lui-même selon la méthode de Dom, en interprétant le texte original avec ses propres suggestions, et qu'il doit ensuite apprendre ; ce texte doit être écrit à présent sur les feuilles des platanes qui nous entourent et qui nous guettent, autant que les guette en retour Marcel Huang alias l'intendant Stephano, assuré qu'elles lui soufflent la suite, et le vent passe et les mots lui parviennent, la voix de Marcel s'élève et frappe chaque syllabe d'un accent doré : « Par Dieu ! Dans mon île il se trouvera des charmes secrets. La mer et le soleil nous fourniront tout ce dont nous avons besoin. Les calèches fonctionneront à l'énergie solaire. Les courants marins fourniront des algues très riches en protéines, qui nourrissent tout le monde. Je déclare qu'il n'y aura plus de travail ! Plus de fatigue et plus aucune souffrance. Et j'en jure, chacun aura le droit de se consacrer à son instrument de musique préféré, que ce soit du clavecin ou de la calebasse. »

Dom écoute et opine. Marcel s'arrête. Il a fini. Il nous regarde. Dom : « Tu crois pas qu'il est l'heure de petit-déjeuner ? » Dom sourit, d'un sourire de confiance qui donnerait des ailes de goéland à une huître de culture, et Marcel propose d'aller lancer le café dans la cuisine, ce qu'ici chaque enfant apprend à faire. « Très bien, et nous, nous allons chercher des croissants », dit Dom en se levant, en s'étirant et en souriant toujours. « Si tu veux, tu nous feras un peu de piano avant le départ ? Qu'est-ce que tu nous joues aujourd'hui ? Hé, quelque chose ne va pas ? » Marcel reste immobile devant nous, gêné. Il ouvre la bouche pour parler, et se tait à nouveau. Dom ajoute : « Tu la sais parfaitement, ta scène, c'est Mario et Jo qui vont être impressionnés. Cette fois vous êtes prêts tous les trois, vous allez pouvoir faire la révolution avec Caliban ! » Marcel le regarde, ouvre la bouche, et continue de se taire.

Le vent soufflait dans les platanes, et de premiers arrivants franchissaient la grille avec leurs sacs à dos, Farid tenant sous le bras un ballon de foot, tandis qu'un groupe de filles s'était immédiatement calé contre les grilles d'enceinte pour papoter. Elles sortaient de leurs sacs des affaires qu'elles s'échangeaient, des magazines, des lunettes de soleil, des vernis à ongles et des planches de tatouages-décalcomanies qu'elles se feraient tout à l'heure dans le bus. Jo aussi était en train d'arriver, elle marchait derrière l'attelage de sa mère et de son petit frère dans une poussette lestée de sacs de courses. Jo était habillée d'un short de foot noir et d'un polo rose :

chacun de ces vêtements était moche, et portés ensemble ils étaient plus moches encore. Elle tenait à la main son casque de Caliban, réalisé au théâtre une après-midi où nous nous étions consacrés à la peinture des décors et à la fabrication des accessoires – il pendait au bout de sa main, et en apercevant Marcel elle le leva devant elle, pour lui montrer qu'elle était prête, qu'elle avait pensé à tout ! Dom ajouta : « Tu as toutes tes affaires pour la journée ? Tu n'as rien oublié, tu as ta bouteille d'eau, ton maillot de bain ? » Marcel acquiesçait. « Tu as dix francs pour t'acheter une glace ou un truc ? Tu as un jeu de cartes, un ballon ? – J'ai pris mon harmonica. – Bah voilà. Bon alors ? Tu as ton autorisation signée par tes parents ? » Oui, pareil, tout était parfaitement en règle. « Alors tu vas nous le faire, ce café ? » L'enfant avait disparu dans l'ombre du théâtre.

Plus tard, pendant les préparatifs du départ, je me suis rendu compte que la nervosité de Dom avait de nouveau pris possession de tous ses gestes et de toutes ses paroles. Il m'a conduite dans la réserve en prétextant qu'il avait besoin qu'on cherche ensemble un lot de parasols pour le charger dans le bus, puis sa main m'a guidée sur l'amoncellement de tapis de yoga violets qui était depuis quelques jours notre abri en dehors du regard des enfants et on a fait l'amour à la va-vite. Après, je suis restée à genoux quelques secondes, à respirer les odeurs de sève et de sueur qui ruisselaient sur celle du caoutchouc, lisse ou poreux, celui de la capote et des tapis, et Dom a ramassé ma culotte et m'a dit de me dépêcher, qu'il fallait accueillir tout le monde.

On a parlé avec les parents dans l'ombre qui se raréfiait. Puis Farid et Bastien sont venus nous chercher en annonçant qu'il nous attendait : le gros bus soufflait dans la rue étroite, son conducteur somnolant tel un cornac à son poste surélevé, les tongs posées sur le volant et le visage dissimulé sous la couverture en quadrichromie de *La Provence*. Les parents sont partis, dispersés à droite et à gauche comme les corbeaux freux en entendant le moteur du bus, et en deux minutes nous étions seuls avec les enfants qui s'étaient regroupés devant le perron.

On les a alignés dans la cour, l'un derrière l'autre. On les a appelés par leurs prénoms. On les a comptés. Est-ce qu'ils avaient tout l'équipement nécessaire pour la journée ? J'ai énuméré une nouvelle fois ce qu'il fallait avoir dans son sac. Et Dom, debout sur le perron, son sac à dos sur une épaule et roulant une cigarette dans le creux de sa main : « Allez, on y va. »

* * *

La nuit, c'est vrai qu'on retrouve leurs noms, un à un, sur le réseau. Je me sers du profil que j'ai créé il y a trois ans, que je n'utilisais pas beaucoup, sauf de temps à autre pour surveiller les activités de mes filles. Pour ma part je n'y ai pas mis de photo, pas de destination de vacances ou de numéro de téléphone, pas d'information sur mes préférences sexuelles, je suis ici quasiment incognito et ça me va. Cette fois je peux l'utiliser pour mes propres recherches. J'ai fait l'essai cette semaine, en me connectant sur Facebook j'ai retrouvé Félice Casorati, j'ai retrouvé sans problème Bastien Terreno. Et le réseau est intelligent : je tape ces noms et à partir de ce moment-là, rapidement, on me propose Marcel Huang, on me propose Romane Cassagne… Ils doivent être toujours en relation pour certains, comme des anciens combattants. Et quand je clique sur son nom, c'est Romane Kosice (la voilà… c'est juste le nom qui a changé) qui apparaît adulte : elle s'est mariée jeune, dirait-on. D'après le réseau, elle n'a pas fait la carrière brillante au théâtre qu'elle promettait. J'ouvre aussi le profil de Marcel Huang qui s'affiche environné de photographies de concerts et de petites annonces pour les cours qu'il dispense à domicile (lui non plus ne fait pas exactement la carrière qu'il escomptait). À gauche s'affiche la colonne réservée à la conversation, où nous pourrions parler tous les deux des migrations des oiseaux ou de la piraterie, comme ce jour où il me tenait la main dans le sentier des calanques. Oserait-il me dire de cette façon ce qu'il taisait alors ? Je pense que c'est le seul témoin qui a voulu parler ce jour-là. Mais peut-être qu'à nouveau il détournerait la conversation vers d'autres sujets : le prochain examen du conservatoire, ou bien des bavardages savants sur l'histoire des galères, sur l'économie du pavillon noir ou sur la bataille de Lépante. Après je ne me souviens pas toujours des noms de famille, et sur les vingt qui formaient le groupe, même certains prénoms m'échappent. Il faudrait vraiment que je remette la main sur la liste de la mairie.

Et qu'est-ce que je leur demanderais, de toute façon ? « Bonjour Romane » ou « Bonjour Félice, j'espère que vous allez bien. Quelle est votre définition du bonheur ? Est-ce que vous faites des cauchemars de temps en temps ? ». Ça ne se fait pas trop, je crois. Je renonce en éteignant l'ordinateur, le nimbe blanc électrique qui entourait mon visage et mes mains se dissout. Je retourne errer dans l'appartement à la recherche d'une cigarette, d'un peu d'air frais sur la terrasse, d'une tisane au goût de pin ou de lavande, d'une voix enfantine qui me parlerait sans arrêt, puis je me rassois dans la cuisine silencieuse. Les souvenirs émergent dans un craquement de branches, dans l'écho de la mer qui se répète à infini contre la falaise.

On aborde le sentier. C'est Dom qui ouvre la marche, suivi de Manu. On traverse un bois de pins qui nous conduit au chemin de crête. Des pins, il y en aura aussi au fond de la calanque qui nous attendent, ombrageant la plage où nous allons nous arrêter pour nous baigner, pique-niquer, et répéter les scènes. Dom fait toujours cela pendant le stage, à mi-parcours : un temps de mise en scène à ciel ouvert, loin du théâtre, près de la mer, pour montrer aux enfants que le verbe du théâtre existe partout où ils vont. Et puis, ça les change, ça bouscule leurs habitudes et ça c'est bien. Sur le chemin, ils glissent dans nos mains leurs petites mains fraîches détachées de l'ombre de la paroi.

Je me souviens du trajet en bus, quelques instants plus tôt. Je suis assise devant, à côté de Manu. Dom est debout et bavarde avec le conducteur. Je secoue le sable qui semble éternellement en suspens dans cet autobus et cligne des yeux entre les rayons mouvants qui gagnent la travée, je me lève. Chahutée par les virages, et la lumière violente qui entre côté mer, je fais un aller-retour un peu réglementaire entre les rangées pour voir s'ils vont tous bien, en particulier les héros du jour, ceux qui auront des scènes importantes à répéter à l'arrivée. Je laisse derrière moi Manu endormie, le front incliné vers la vitre.

Ils avaient tous des demandes spéciales pour leurs placements et pour l'essentiel on les a laissés s'installer où ils voulaient, au gré des amitiés. Marcel, à côté de Baptiste, relit une centième fois son texte. Romane et

Leslee, nos deux Miranda, se parlent à mi-voix de la grande scène qui les attend avec Aimé et Raphaël, qui font en alternance le rôle de Ferdinand. Romane colle sa joue au velours du fauteuil en parlant de la difficulté de la scène, elle se demande comment elle va pouvoir « lui dire adieu » (Miranda sait qu'elle va être séparée de son bien-aimé Ferdinand pendant une durée cruelle, peut-être une demi-heure ou une heure, donc elle lui dit nécessairement « adieu » – un des indices qui montrent que Shakespeare s'y connaissait en préados). Leslee l'écoute en hochant la tête d'un air professionnel ; son body de Miranda est posé sur ses genoux et de temps en temps elle le lève devant elle, et fait chatoyer le lycra vert et or dans le soleil de la vitre.

Je reviens dans la travée en posant mes mains sur les dossiers des fauteuils, je remonte le fil de mes souvenirs.

Jo qui était restée seule a été mise à côté de Mario Kotchar et ils sont censés répéter leur duo d'ivrognes, mais ils ne se parlent pas. Mario est trop occupé à héler d'autres camarades par-dessus les fauteuils, et à épiler discrètement des graines de tournesol dont il disperse les coquilles vides sous les fauteuils ou dans les tee-shirts de ses voisins. Et Jo, elle, c'est comme si elle n'était pas là. Elle est assise près de la fenêtre. Elle a posé son sac à dos entre ses jambes, et gardé son casque de Caliban sur ses genoux. Elle a l'air de chantonner un air sans paroles. Des paroles sans voix.

En titubant je cherche à regagner ma place à l'avant, mais je ne peux pas. Dom a pris ma place à côté de Manu. Elle dort toujours. La lumière venant de la mer semble disputer son corps à l'ombre de l'autobus, elle lui dispute le relief de son bras, attrape chaque cheveu échappé de sa queue-de-cheval. Cette lumière, c'est le métal dont est fait le cercle de ses boucles d'oreilles, c'est une lumière d'un blanc irradiant, de celle qui se glisse dans les corps des filles, dans leurs cheveux, dans leurs bouches, à la manière des dieux antiques.

Tandis que je m'accroche à la tête de son fauteuil pour ne pas tomber, Raphaël profite de ma présence pour demander : « On mange dès qu'on arrive ? » Il m'énerve, Raphaël, il a tout le temps faim : « Tu vas nous pêcher quelques loups quand on débarque, Raphaël, nous aussi on a faim, on compte sur toi. » C'est comme un signal, les questions fusent, « On va nager tout à l'heure ? », « C'est loin ? », « Est-ce qu'il y aura des toilettes ? » Je dis : « On arrive. Préparez vos affaires, allez allez les maillots de bain, les serviettes, on se dépêche. » Ils me fatiguent avec leurs questions. Je rejoins Manu et Dom dans l'éblouissement du monde extérieur.

Le bus s'est garé vers le cimetière marin du Mussuguet, que nous traversons en silence pour gagner le sentier de randonnée. Celui-ci se trouve peu avant Cassis, de là on ira vers la calanque de Dominique qui est juste après celle d'En-Vau, méconnue des promeneurs et qu'il réserve comme un secret pour les jours de rando avec les enfants. Le Mussuguet est un cimetière militaire où s'écrivent des destins de marins, un mélange de fils célibataires en uniforme et de caveaux de famille. Les tombes y sont ornées de fleurs artificielles, du drapeau national ou d'hélices en plastique plantées dans des vases, qui tourbillonnent au premier souffle de vent. Leurs pales multicolores se mélangent en faisant un bruit d'oiseau mécanique qui cherche à s'envoler. Les tombes portent aussi presque toutes les portraits des morts en médaillons de faïence – qui donnent à ces visages quelque chose d'indécidable, la singularité que peut conférer un portrait en même temps qu'un caractère industriel, comme les photographies sur les mugs à café.

« C'est beau ! » dit Marcel près de moi. Il veut faire la route en ma compagnie, c'est clair. Et je dois rester aussi avec Bastien, au cas où il se sentirait mal et aurait besoin de sa piqûre d'insuline. On est à la traîne car ils veulent faire des croquis pour les décors de la pièce. Ils veulent que le cimetière figure sur la carte de l'île qui sera en toile de fond, à l'arrière de la scène, alors ils dessinent sa physionomie, l'alignement des tombes, les hélices colorées et les pots de fleurs, ils recopient les noms de quelques morts. Bastien me demande : s'il y a un cimetière dans l'île, cela veut dire qu'elle n'a pas toujours été inhabitée ? Marcel renchérit : il y avait un peuple, qui aura disparu ? Tout ce qu'ils font ces deux-là, c'est qu'ils me retardent.

Mais je n'ai pas le choix. De toute façon on a décidé que Dom et Manu marcheraient devant tandis que moi je fermerais la marche. Pendant quelques mètres nous formons une seule file, nous nous voyons les uns les autres, nous pouvons nous lancer des mots d'un bout à l'autre ou chanter ensemble la même chanson. Mais bientôt arrivent les premiers virages, le sentier étroit sépare les groupes les plus compacts et forme des paires, et quelques minutes plus tard les marcheurs se retrouvent à cheminer seuls, l'un derrière l'autre, chacun à son rythme. Pendant un quart d'heure je peux encore apercevoir les têtes de Romane et de Félice qui étaient à l'avant avec Dom et Manu, puis la tête du cortège s'effiloche encore plus et s'efface. J'aperçois Morgane, qui rejoint l'arrière du groupe car elle est restée de longues minutes à cueillir des lavandes pour les mettre dans son sac.

Marcel Huang, de plus en plus à la traîne, s'est rapproché de moi. Il a quelque chose à me dire, mais pour l'instant il se trouve quelques pas plus loin, isolé de ses camarades, fredonnant – sa tête à lui doit être encore pleine de musique, des notes de piano qui viennent tapoter l'intérieur de son crâne à tout moment du jour et de la nuit, et cette musique qui l'habite en permanence l'isole des autres enfants qui le méprisent, qui se moquent de son air à la fois dans la lune et trop appliqué. Les enfants prodiges comme ça, nous en avons deux, lui et Romane, qui font également le conservatoire, lui en musique, elle en théâtre. Mais pour rien au monde Romane ne voudrait qu'on la confonde avec ce type, elle la star, qui règne sur le groupe en ayant transformé son talent en puissance de séduction. Elle évite soigneusement son collègue. De plus, le théâtre c'est son domaine – pas comme Marcel, que les parents ont inscrit au stage en vue de ses concerts, pour qu'il prenne de l'assurance en public, injonction qu'il a prise tellement à cœur que jusqu'à ce matin il n'arrivait plus à prononcer un seul mot sur scène.

Nous marchons ensemble à présent, avec Marcel. J'essaye d'écouter sa conversation tout en gardant les yeux sur ses camarades, je les recompte sans cesse, je dis un peu « Hum hum » ou « C'est pas vrai ! » pour qu'il continue à parler, mais en vrai au début je ne fais pas attention à ce qu'il est en train de me dire. Ma vue se limite à la moitié des gamins, pas toujours les mêmes – Dom et Manu me paraissent à des kilomètres désormais, hors de portée de ma voix.

C'est dangereux, les calanques. C'est plein d'à-pics qui roulent dans des taillis de pins accrochés on ne sait comment entre les flancs rocheux. Le chemin que nous suivons, et qui serpente au sommet du monde, le dos ensablé, fait des embardées et des détours, comme hypnotisé par la mer. Je tiens la main de celui ou de celle qui vient me voir, de celui qui m'apporte une branche de pin ou bien qui veut me réciter son texte. Le long du chemin les langues des genêts tendues, jaune vif, démultiplient nos conversations. Il ne faudrait pas perdre des yeux un seul des enfants, pas un seul instant – mais c'est impossible.

Quant à Manu et Dom, depuis une heure que nous marchons je ne les vois plus. Je devine qu'ils doivent être loin devant pendant que je suis retenue, lestée à l'arrière par la responsabilité de fermer la marche. La compagnie des enfants avance devant moi. En surplomb d'une mer couleur de temps, que troublent à peine les sillons de quelques bateaux de plaisance, de quelques galions de pirates battant pavillon noir ou le gonflement tranquille et gris d'un dos de baleine, j'observe mes petits camarades qui foulent le sentier dans leurs baskets empoussiérées, de plus en plus hors d'haleine, de plus en plus dispersés à mesure des virages.

Marcel Huang revient me trouver. Il me reparle de cette histoire de galères qu'il avait commencé à m'évoquer tout à l'heure. « Tu sais ? Tu sais que les galériens n'avaient pas le droit de se lever de leur banc, pendant toute la traversée. Ils mangeaient en étant enchaînés, ils dormaient en étant enchaînés. Et aussi... » Marcel baisse la voix, comme si ses histoires et ses traînasseries ne nous avaient pas suffisamment isolés du reste du peloton, « Et aussi ? Quoi aussi ? – Ils ne pouvaient pas se lever pour aller faire leurs besoins. C'est la mer qui nettoyait entre leurs pieds, sous les bancs. Et tu sais la conséquence ? » Non, je ne sais pas la conséquence. J'essaye de garder l'œil sur la troupe, moi je n'arrive pas à faire attention à tout en même temps mais je dis « Bah non Marcel, c'était quoi, la conséquence ? ». On chemine le long de la falaise, nos regards plongeant vers la mer au détour d'un olivier échevelé ou d'un pin dont il faut aussi surveiller les racines qui se nouent et se dénouent dans la terre pour attraper nos pieds. La conséquence, je m'en souviens encore quinze ans plus tard : c'était que les galères puaient, et que cette odeur de souffrance et de déchets portait à des centaines de mètres à la ronde, « parfois à des kilomètres en fonction du vent ! ». Et qu'ainsi elles ne pouvaient pas attaquer par surprise, les galères, elles ne pouvaient pas s'approcher discrètement de leurs ennemis. J'entends encore la petite voix sur le sentier caillouteux : « On savait par l'odeur qu'elles arrivaient ! »

Absorbée par la conversation de Marcel, je ne vois pas que devant moi peu à peu la file a ralenti. Le groupe est en train de se reformer à quelques pas de nous.

Puis : « C'est là. » Dom s'est arrêté devant les enfants à un endroit à peu près plat, il tasse la poussière puis la balaye d'un revers de sa basket pour désigner un seuil. À notre gauche, cela descend dans la caillasse entre des buissons aux bords durs, rouges et tranchants comme des vieux barbelés. Nous posons nos pieds dans l'esquisse d'un chemin. Au-dessus de nos têtes, des pins déformés par le vent lancent leur feuillage tels des filets de pêcheurs en direction de la mer. Il faut veiller pas à pas pour éviter les pierres trop lisses ou trop instables qui pourraient nous précipiter dans la pente brûlante, et tout ce temps on est guetté par la muraille blanche qui nous surplombe et capte la lumière comme elle nous capte nous, tandis que nous descendons dans une solitude absolue afin de nous concentrer, incapables de communiquer de l'un à l'autre le moindre geste ou la moindre parole. Nous descendons toujours. Nous sommes abolis par le paysage. Nos poumons sont gonflés par le vent, nos pensées par la clameur des criquets qui se soulève et qui retombe, et nous pousse peu à peu vers le fond ocre et vert de l'anse. À la fin : de gros rochers qui font obstacle à l'entrée de la plage, des monticules jetés en désordre dont il n'est pas facile de descendre, il faut sauter, se réceptionner sur une marche plus bas qu'on n'atteint pas du bout du pied, sur laquelle il faut se laisser tomber, pas le choix. Une première bordée de garçons a escaladé sans se presser, à l'initiative de Mario Kotchar qui est le plus désinvolte et le plus fier d'entre eux, qui sapé uniquement de son short de bain a le premier franchi la barrière, coulé derrière la roche et atteint en trois sauts la plage de sable fin des naufrages réussis. Ils ont avec eux Romane et Félice, exaltées par leur avenir de Miranda elles n'ont pas hésité, elles sont passées en une seconde. Puis viennent d'autres aussi hardis mais plus lents, qui savent surmonter la peur mais qui eux la connaissent : le résultat est le même mais le processus n'a rien à voir, ils doivent se parler intérieurement pour réussir, ils doivent humilier leur trouille afin de la contenir, Farid est de ceux-là, Bastien aussi, ou bien pas mal de filles, Morgane, Léa, Tia : les voilà qui tombent l'une après l'autre comme des parachutistes anglais et s'organisent sur le rivage.

Et je vois Dom qui rebrousse chemin car il y en a qu'il faut aller chercher, les attraper en haut du rocher et les porter, retenir le petit fagot de leur corps pour le faire descendre tendrement jusqu'au sol. Dom a déjà viré son tee-shirt, il se tient pieds nus, en maillot de bain sur la marche de pierre et les appelle, « Marcel, à toi » puis « Bilel, ton tour, donne la main ». Chaque enfant est accueilli personnellement, « Martha : viens ma grande », « Joséphine : je te porte, ne bouge pas ». Il les fait descendre et leur accorde à chacun un moment face à face, il s'agenouille devant eux à l'arrivée et leur demande si tout va bien, s'ils n'ont pas trop chaud. S'ils ont soif. Et eux touchent terre et le regardent dans les yeux, tirent sur leur maillot ou leur vêtement qui s'est défait dans la descente, ils secouent la tête, il est peut-être trop tard pour la gloire mais toujours temps pour se faire aimer tel qu'on est, se faire dire un « Ça va Fracasse ? », ou « Alors Miss Monde, tu vas te mettre en maillot ? » et pour recevoir une tape sur les fesses, et aller déballer le pique-nique.

Aussitôt arrivés, les enfants, tous, savent ce qu'ils ont à faire. Comme toujours avec Dom, tout a été préparé en amont, tout existe raconté depuis plusieurs jours comme une future légende. Ils doivent damer le sable pour dessiner la scène où auront lieu les répétitions. Ils doivent ranger les vivres et l'eau à l'ombre de la falaise. Et ils se dispersent partout sur la plage pour aller ramasser du bois, qui formera le décor de la scène de séduction entre Miranda et Ferdinand. Car dans cet acte, Ferdinand n'est plus noyé, en fait… Mais, naufragé, il a été fait prisonnier et subit certains enchantements de l'île que les autres ne connaîtront pas… Il est devenu l'esclave de Prospero, qui lui fait empiler des tas de bois inutiles à longueur de journée ; et Ferdinand se laisse faire volontiers, car durant son labeur il reçoit des visites incessantes de la belle Miranda. Celle-ci, on s'en souvient, n'a jamais vu de mâle humain sur son île à part le difforme Caliban, et à part son propre père, qu'une opinion vigoureusement partagée entre les fées des contes et les médecins autrichiens lui interdit de prendre pour mari. C'est pourquoi Miranda se convainc, dès qu'elle l'aperçoit, que Ferdinand est l'être le plus beau que la terre ait jamais porté, et elle s'empresse de tomber amoureuse de lui.

Dans cette scène, le zèle de Ferdinand à ramasser le plus de bois possible doit donner la mesure de son amour pour Miranda. Il veut empiler un tas assez immense pour le prouver, pour pouvoir continuer à fréquenter la maison de Prospero et rester en contact avec l'agréable curiosité de sa fille. Et plus tard, disons dans cinq ou six minutes, ils s'avoueront leurs sentiments : Miranda dans un genre plutôt direct, « Je pleure de joie », Ferdinand dans un style plus proche des mœurs de la cour, « Je t'aime et je t'estime et je t'honore ». Romane, dont c'est la grande scène, supervise les opérations et envoie chacun ramasser un maximum de bois flotté, de ces tronçons de pin qui sèchent dans les pentes de la calanque comme des os de chacals carbonisés. Mario la seconde, ils n'ont pas de scène ensemble mais une entente vigoureuse se noue entre ces deux-là, entre le cancre et la princesse, c'est un titre pour Broadway ou une promesse pour la vie, une énergie sans sexe et sans paroles qui se paye à la place de paumes claquées l'une contre l'autre, de rires sauvages et de musique – Mario a apporté dans son sac de sport une chaîne hi-fi, il l'a posée sur le sable et elle déverse un reggaeton infâme, le truc le plus sirupeux et le plus déhanché que j'aie jamais entendu, et il crie « Allez cousin ! Allez ! Allez ! », et Romane « Il faut faire une énorme pile ! », eux deux ne bougent pas de leur promontoire, ils envoient les autres de-ci et de-là, ils vérifient, donnent des ordres, ils se croisent et se frôlent en haut du rocher chauffé à blanc d'où ils voient tout, ce sont les maîtres de la plage.

Soudain, le tas semble suffisamment grand. Je crois entendre Mario qui dit « Moi, je vais me baigner » et ce moi est assez puissant pour être collectif : en deux secondes, tous les ouvriers se retrouvent à l'eau. Je vois Dom et Manu qui s'éloignent, Dom crie aux enfants de ne pas s'éloigner du bord. Ils s'arrêtent l'un et l'autre près des sacs et Manu s'accroupit près de Dom pour étaler sur son dos de la crème solaire. Puis ils se lèvent, le bras de Dom passé autour de l'épaule de Manu et ils se dirigent vers les vagues, du même pas nonchalant et un peu brisé par les heurts de pieds nus sur les accidents du sol, et les frôlements de peaux qui s'ensuivent. Puis ils plongent dans la mer et se mêlent avec de grandes éclaboussures aux tirs de ballons, aux matelas gonflables multicolores et aux faux naufragés faisant étape en tremblant de rire au sommet des écueils.

On ne m'a rien dit mais il me semble que quelqu'un doit rester sur le bord – qu'il faut toujours une vigie, pourquoi pas moi, on peut dire en tout cas que je ne suis pas pressée d'être avec eux.

Alors je reste sur la plage. Je vais éteindre la chaîne hi-fi de Mario qu'il a laissée allumée et soudain le silence m'étreint. Je voudrais faire la sieste à l'ombre de ces rochers, me reposer de tout le chahut, de toute la poussière de ces dernières heures.

Je crois d'abord que je suis seule. Puis je vois un dernier groupe d'enfants qui s'agite – ils sont trois, Jo et deux autres enfants, Morgane et Léa, peut-être, je ne saurais plus dire lesquels aujourd'hui, mais des filles. Elles se disputent, l'une d'elles essaye d'arracher la branche que Jo tient dans ses mains mais Jo résiste, elle finit par pousser la gamine qui tombe en arrière dans le sable, qui se relève et repart à l'assaut avec l'aide de sa comparse. Quand j'arrive, elles font mine de se calmer, Léa se range rapidement du côté des autorités : « Elle veut pas lâcher son bois. Elle veut pas venir se baigner. – Personne n'est obligé de se baigner. Pourquoi vous l'embêtez ? » Léa recule. Elle tente un nouveau recours : « Elle m'a dit qu'elle allait me noyer. » Jo essuie des larmes qui se collent sur ses joues ensablées, et ses lèvres tremblent ; Morgane, au milieu, très gênée, semble soudain s'intéresser au spectacle des vagues et de l'horizon. « C'est vrai ça, Morgane ? » Morgane hésite, puis : « Léa lui a dit qu'elle mettait pas son maillot de bain parce qu'elle était moche. » Moi aussi j'ai envie de pleurer, je détourne mon visage puis je prononce quelques formules « allez, ça suffit » et « allez vous baigner », ou « laissez-la tranquille », que sais-je, je les escorte toutes les deux vers le bord en essayant de ne pas regarder dans la direction de Dom et Manu, puis je reviens sur mes pas pour retrouver Jo.

Celle-ci ne fait déjà plus attention à moi. Je regarde son manège pendant quelques minutes… Elle a repris son activité avec le tas de bois. Sa silhouette est penchée dessus, en train de placer la branche qu'elle a si durement sauvegardée, puis elle se lève et repart sans regarder autour d'elle. Quand je la rejoins elle est du côté des rochers par lesquels on est arrivés, essayant de dégager une autre branche assez lourde de sous les pierres. Elle l'arrache et l'amène dans le tas en la traînant sur le sable, laissant un large sillon derrière elle. Elle ne semble toujours pas me voir. « Tu ne vas pas te baigner, Joséphine ? » Elle ne répond pas, hausse les épaules d'un air modeste. Elle porte encore son short de footballeuse et son polo rose ; il serait bien qu'elle ait une petite brassière en dessous pour sa petite poitrine naissante, précoce, qu'elle ait le choix peut-être d'en avoir une comme certaines autres filles mais j'imagine que personne n'a songé à s'en préoccuper. « Dis, ma grande, t'as pas pris ton maillot ? Il faut te mettre en maillot… »

Comme elle ne répond pas, et continue ses allers-retours sur la plage, je me décide à l'accompagner. Je l'aide à ramasser inutilement le bois. Et cependant, je l'observe. Les manches de son polo trop grand tombent presque jusqu'à ses coudes. De temps en temps elle tourne vers moi son visage qui me fait une drôle d'impression, comme si ce n'était pas vraiment le sien mais un visage transformé, épaissi ou grimé, un masque qui lui ressemble, mais qui n'est pas elle. « Viens par ici, Jo. » Je jette un œil vers les enfants qui nagent, qui jouent dans l'eau avec des raquettes de plage, qui forment de petits groupes à peu près visibles même s'ils sont trop mouvants. Dom et Manu sont allés nager plus loin, et je sais que ce n'est pas à cause de la sécurité des enfants que je leur en veux à ce point. J'espère juste que les petits baigneurs sont tous là dans mon champ de vision, je suis toujours seule et je ne peux démultiplier mon regard comme le font les déesses indiennes, il faut que je me débrouille, « Il y a de l'ombre, là, on va y aller. » Je fais exprès de m'isoler, cette part d'ombre sous la falaise est aussi abritée derrière un rocher. En passant devant le tas des sacs j'attrape un maillot de bain qu'on a pris avec nous pour dépanner les étourdis, dans le tiroir d'objets trouvés qui ne manque pas de se remplir chaque été, un tiroir qui est plein de secours. C'est un prétexte mais ça me donne une petite contenance, pendant quelques mètres encore j'ai quelque chose à dire, je trouve à papoter, « Viens ma grande on va pas te laisser comme ça, tout le monde a le droit de se baigner. » Et : « Tu peux te changer là, tu vois, personne ne te voit. » Jo est sage. Elle ne dit jamais non. Tandis que je garde un œil anxieux sur les dix-neuf autres enfants du groupe – mais impossible de les compter, de savoir s'ils sont tous là, ils sont trop ensoleillés, ils bougent trop –, elle m'accompagne derrière le rocher. « Voilà » : et je lui tends le maillot de bain. Elle reste devant moi, tenant toujours un rameau de pin qu'elle a pris pour sa pile, concentrée sur sa mission. Je lui demande de le poser, il doit y avoir un peu d'énervement dans ma voix. « Allez, on est entre filles. Change-toi. »

Jo ne sait pas dire non. Derrière le rocher – me reculant d'un pas, je guette si aucun enfant ne fait de bêtise. Je guette si personne ne nous voit – elle enlève son polo rose, et le garde plaqué devant son buste, entre ses mains. Au moins cela découvre ses épaules. Je m'agenouille devant elle, pour mieux voir. Puis je me lève pour m'assurer que personne ne nous a suivies, et je m'agenouille à nouveau. Je vois : il y a des hématomes, un peu partout, à différents degrés de couleur, du plus récent qui est presque noir au jaune qui doit dater de la semaine dernière. Il y a aussi quelques coupures en haut du buste, entre les côtes, des espèces de scarifications assez nettes pour n'être pas naturelles, pour prouver à la fois l'instrument et la volonté de celui qui l'a appliqué. C'est quelqu'un d'organisé qui a fait tout ça : les marques sont contenues dans un certain périmètre, elles ne dépassent pas du tee-shirt. Organisé, et vorace : sur l'épaule droite de Jo, on peut voir des poinçons boursouflés qui forment une entaille ronde et rouge, telle une mâchoire. Je me lève. « Tu veux remettre ton polo, Jo ? – Oui. »

Je reviens sur la plage avec la petite fille. Je mets ma main en visière, pour surveiller tous les petits corps aquatiques qui se démènent dans l'écume et sur les rochers, ou bien qui commencent à se rassembler autour des sacs pour dévorer les pique-niques que leurs parents ont préparés.

Marcel s'est détaché du groupe, il vient à notre rencontre avec son petit sac à dos. Mais il n'ose pas s'approcher. Je lâche la main de Jo qui reste à attendre près de moi. « Marcel, tu peux t'occuper de Jo ? Elle a oublié son pique-nique on dirait. »

Quelques minutes plus tard, je les regarde s'accroupir sur la serviette de Marcel, sous la falaise. Celui-ci partage ses sandwichs au pain de mie, il donne à Jo un triangle sur deux et attend qu'elle le mange pour prendre la moitié suivante. Ils partagent le sachet de chips, la boîte de Kiri, le paquet de Pim's, les abricots et les bananes, tous les trucs sains qu'on donne aux enfants choyés comme Marcel. Je le vois aussi qui parle à Jo, sans discontinuer, je ne sais de quoi : de vin, de piraterie ou de musique, il semble assez doué pour la distraire. Pour lui parler et pour manger il s'est appuyé le dos contre la falaise, mais Jo, elle, ne peut pas : elle mange accroupie pour ne pas se faire mal. Et elle mange vite en répandant des miettes, en maculant le tour de sa bouche, parce qu'elle a faim.

Je vois les visages jumeaux de Dom et de Manu qui émergent dans la mer à quelques brasses et se précisent, je vois leurs silhouettes grandir et s'ébrouer hors de l'eau. Nous rejoignons les enfants pour le banquet sur le rivage.

* * *

La journée d'hier à l'hôpital s'est passée sans que je me rende compte que les appels et les messages de Dom avaient cessé. J'ai couru d'une chambre à l'autre, grâce aux subtilités de la chimie et de l'imagerie médicale j'ai lu dans l'urine, le sang, les os de dizaines de personnes que je ne connaissais pas, je n'ai pas sorti mon téléphone de ma poche, pas réfléchi. Je dors mal en ce moment. Ça n'aide pas.

Il a fallu que l'infirmière en chef vienne me solliciter, aujourd'hui, à la pause déjeuner. Première fois que je me posais depuis mon réveil, il était quatorze heures, j'étais en train de me demander si la possibilité de prendre mon café ou mon yaourt en intraveineuse, ou bien si le fait de porter des couches-culottes comme le font certains chirurgiens lors des opérations longues, améliorerait ma productivité et me ferait plus aimer de mes chefs, témoignerait mieux de mon dévouement. Les nuits passées à aller et venir dans l'appartement, ou à traîner dans les avenues liquides de Facebook me coûtent cher, le lendemain j'ai l'impression d'avoir parcouru des kilomètres. Assise dans la kitchenette réservée aux personnels hospitaliers, je m'étais presque endormie, la tête contre le placard, quand Sophie est arrivée.

Elle m'a appris que Dom ne parlait plus depuis vingt-quatre heures. Il somnolait, s'éveillait de temps à autre pour invectiver la douleur, se rendormait. Sophie s'exprime prudemment : « C'est à cause des visites, ça l'a fatigué. » Je ne comprends pas, au début. À Paris, Dom est isolé, hors de portée de ses proches – la raison officielle qu'il a trouvée, c'est le besoin de faire appel à un service de grands spécialistes, ici même, où nous serions d'après ce qu'il a dû leur dire les seuls à pouvoir le soigner. En vérité, j'en suis de plus en plus certaine à mesure que le temps passe et que notre impuissance se confirme sans qu'il nous adresse le moindre reproche, sans qu'il exprime la plus petite plainte, ce qui l'a conduit ici c'est le besoin de mourir seul. Il ne veut pas s'encombrer de la communauté habituelle. J'allais dire, « seul avec nous » – mais jusqu'ici j'ai ignoré ceux qui se trouvent dans le cercle de ce nous. Il y a moi, qui ai tout essayé depuis qu'il est venu, mais qui ai renoncé à le guérir. Il y a le souvenir des enfants, mais pas seulement.

Pendant que Sophie me parlait, on est arrivées devant la chambre. Mes yeux se sont posés sur un mince gilet en laine resté sur le dossier d'une chaise, près du lit. « C'est à qui, ça ? » J'ai posé la question, non pas à Sophie qui se tait, attendant craintivement sur le seuil comme si elle avait laissé entrer le diable, mais à Dom dont le visage endormi paraît à des années-lumière.

Je contemple à nouveau la chambre où Manu lui a rendu visite, finalement. La fenêtre : elle a sûrement marché jusque-là, écarté le rideau pour voir ce qu'on aperçoit d'ici et peut-être, attendre qu'il se réveille. Elle a dû attraper un bouquin ou un journal dans la pile qui est sur la commode, et elle a dû le lire – ici, dans le jour bleu de ces rideaux aux fibres plastifiées de train-couchettes, elle a dû s'agiter un peu dans la chambre, ranger des trucs, remettre de l'eau dans les fleurs, je connais ses techniques, faire assez de bruit et d'agaceries dans la pièce pour réussir à le réveiller.

Et ensuite ? En fait je sais très bien comment elle a fait. Elle a promené ses yeux sur la nullité de cette chambre, sur l'inefficacité absolue de ce dispositif de sauvetage perpétuellement improvisé, et son grand corps calme elle a dû le plier et l'asseoir sur cette chaise ou sur le bord de ce lit en regardant ailleurs, une lumière mate et chaude irradiant de sa peau. Et j'imagine qu'au bout d'un moment il lui a tendu la main – c'est comme ça qu'elle s'est rendu compte qu'il ne dormait plus, il a dû tendre sa main vers elle comme il sait le faire, sans la toucher d'abord, sans lui parler, puis il a senti qu'elle bougeait, qu'elle en avait envie et approchait sa main à elle mais qu'elle n'osait pas, et il a allongé le bout de ses doigts jusqu'à son poignet, il a glissé jusqu'à sa paume, jusqu'à ses doigts et il a attrapé sa main, l'a retenue tout entière dans la sienne. Et je pense (je le sais. Quinze ans de métier ne me convaincront pas du contraire. Je ne sais pas, j'en suis certaine) que ces dix minutes lui ont fait mille fois plus de bien que les milliers de claques et de massages cardiaques chimiques que je lui administre sans interruption depuis six jours, avec une énergie de damnée.

Sophie s'approche de moi et ramasse le gilet, commence à le reboutonner, l'allonge sur le lit pour le plier : « Vous pouvez l'appeler, pour lui dire qu'elle l'a oublié ici. » Sophie est prudente : « Je ne sais pas si ce serait bien ou pas qu'elle revienne… Ça l'a beaucoup, beaucoup fatigué la dernière fois. – Elle a laissé un numéro ? » Sophie me tend le gilet, et tire de sa poche une feuille arrachée des dernières pages d'un livre de poche, dont le papier fibreux a épaissi l'encre des chiffres griffonnés : « Elle vous a dit de lui téléphoner quand vous aurez du temps. »

Sophie continue en me faisant le bilan de la matinée, les derniers antibiotiques qu'on lui a prescrits, le rendez-vous fixé avec l'anapath pour les prochaines analyses. Elle parle à voix très très basse, mais c'est en quelque sorte plus pour me rassurer sur l'état de Dom qui de toute façon n'entend rien, c'est pour préserver notre illusion qu'il pourrait bientôt se réveiller – alors que, même en criant je crois qu'elle ne le réveillerait pas. Je regarde la chambre : elle recèle les témoignages de tous ceux qui se sont manifestés malgré son éloignement. Dans une bouteille d'eau minérale, il y a un grand lys de mauvais goût, déployé, qui diffuse à tout va une sale odeur jaune et poudreuse. Il y a des livres de photos, qu'il aime énormément, n'importe lesquels, voyages, beaux-arts, livres de cuisine, cuisine végétarienne ou grecque, ou cuisine thaïe, et des bandes dessinées pour tous les âges. Des cartes postales, que les aides-soignantes ont disposées avec de la Patafix sur le mur à côté de lui.

Et sur la table de nuit, le smartphone de Dom – son instrument de travail, qui doit lui être indispensable quand il coordonne les équipes de plusieurs chantiers, son ami, son frère, en ce moment plus vivant que lui puisqu'il s'anime parfois d'une petite vibration, d'une légère décharge colorée, un voyant rouge, une notification qui clignote sur l'écran noir, on ne sait quel appel en lettres fluo qu'il aura sollicité depuis de sympathiques interfaces de discussion.

Je sors de la chambre et sans plus parler je glisse dans la poche de mon jean la feuille de papier pliée avec le numéro de Manu.

Quatrième semaine

« Laissez-moi vivre ici pour toujours »

On se retrouve dans un café à la sortie de l'hôpital. C'est un endroit comme il y en a des dizaines d'autres dans la capitale, avec un comptoir métallique et des tables en plastique couleur bois (mais quel genre de bois ?), qui offre à son menu des croque-monsieur au pain de mie surgelé, des bières pression et des petits expressos trop amers. Bizarrement, la télévision qui diffuse les résultats du tiercé, et la radio une programmation pop avec quota de chanson française, n'ont pas raison de la morosité ambiante. On dirait que les hôpitaux aident à conserver ce genre de boutique dans leur environnement. Comme si leur propre tempo, entre l'urgence et l'éternité des soins, rendait frivole l'arrivée de nouvelles modes ou de nouvelles enseignes dans leur quartier. J'ai l'impression d'avoir passé toutes mes années d'internat, puis tous mes lendemains de nuit de garde dans les mêmes cafés pour étudiants et pour vieillards mal éclairés et somnambules.

La pluie cingle les vitres et du même coup, à travers elles, le beau visage de Manu qui est assise là et qui m'attend. Un journal et son smartphone sont posés devant elle mais elle ne les regarde pas. Elle n'a enlevé ni son manteau ni son écharpe, elle est absorbée dans l'arpentage d'un univers tout intérieur, et elle ne me voit pas arriver.

Je franchis les quelques mètres qu'il reste entre l'auvent dégoulinant de l'entrée et le silence, le calme qui semblent serrés autour d'elle, et j'espère que les odeurs de chlore et de médicaments, les bruits et les voix de l'hôpital qui m'ont suivie toute la journée m'auront bientôt quittée, seront tout à fait évaporés d'ici à ce que je la rejoigne et que je m'asseye, pour ne pas que je me retrouve sans le vouloir à encombrer notre conversation avec des mots parasites sur le quotidien du travail, ou sur le fiasco rituel des fêtes de fin d'année, leur célébration qu'on prétend chaque fois gênée par l'accumulation du travail, alors que ce sont ces fêtes elles-mêmes qui empêchent à la fois de travailler tranquille et de vivre dans le plaisir au jour le jour, qui installent l'idée qu'il y aurait des jours précis pour faire la fête et vident de leur énergie tous les jours qui voisinent. Manu me le confirme, c'est bien Noël qui l'a amenée à Paris, elle est arrivée de Toulouse il y a trois jours pour voir ses parents, elle est venue avec son mari et ses deux fils.

Mais ce n'est pas de cela qu'elle est venue me parler elle non plus, et dès les premières minutes, alors que je suis encore très nerveuse et que j'entre dans la conversation comme avec une vue brouillée, elle se lance à propos de Dom, mais pas tout à fait, elle le repère juste pour mieux le contourner, et l'abandonner : « Je ne veux plus aller le voir, je ne vais pas remettre les pieds là-bas. » Manu a toujours parlé vite, sans articuler, une voix dont on ne sait plus par moments si c'est un souffle ou si ce sont des mots, elle bourdonne, et il faut voir ses lèvres bouger pour se convaincre que non, ce n'est pas un freestyle de clarinette ou de percussion dans un morceau de jazz, qui part tout seul en tête devant l'orchestre en te laissant juste assez d'énergie pour battre le tempo et que si, elle te parle. Ce qui ne laisse aucun doute c'est aussi qu'elle te regarde droit dans les yeux : « C'est la dernière fois que j'y vais. Tu peux lui dire. »

Et tandis que je suis accrochée à son visage et à la colère qui anime son regard, elle poursuit avec d'autres mots qui m'atteignent sans que je me représente tout de suite ce qu'ils disent, qui ne signifient rien encore mais soulèvent la vase du passé, « Marseille », ou « les enfants », et « ce qui s'est passé le jour du spectacle ». À quoi ressemble-t-elle ? Eh bien, comme toujours… Elle est très élancée, elle a la peau mate et des yeux d'un brun uni, très grands comme ceux d'une héroïne de manga, des lèvres couleur de raisin. Ses cheveux courts évoquent une fille qu'elle a dû être bien avant que je la connaisse, ils soulignent une enfance qui est plus que jamais présente dans ses traits. Elle a de longues mains qui accompagnent son phrasé musical, et les gens la regardent alors qu'elle ne commet aucune minauderie, ne place aucun mot au-dessus de l'autre. En fait elle est tout le contraire de moi avec mes cheveux bouclés, ma peau très blanche, mes formes rondes et petites, et dès qu'on est ensemble elle et moi on se retrouve un peu Laurel et Hardy, chacune rend l'apparence de l'autre plus singulière et avant même qu'on ait tenté quelque chose, notre tandem dépareillé donne l'impression qu'un gag est en train de se préparer. « Les enfants. » La voix grave qui bourdonne – « le jour du spectacle ». Je me concentre, j'essaye de suivre. Je sais que si elle est là ce n'est pas pour traînasser mais pour régler des choses. Manu ne perd pas de temps à se laisser gagner par la mélancolie du lieu où nous sommes.

Elle semble parler d'ailleurs, comme toujours le présent c'est elle, le lieu et l'histoire c'est elle, elle ne voit ni la pluie ni les passants, les autres dans l'ensemble sont des retardataires, des êtres qu'il faut un peu excuser, depuis toujours c'est elle qui détient le feu – qui le détient, sans arrogance, mais avec certitude et facilité, un simple briquet qui est dans sa poche et qu'elle a dû voler dans une soirée, dont le reste de l'humanité ne soupçonne même pas l'existence et dont la possession la rend légère et rapide, joyeuse et indifférente aux intempéries car si elle le désire, selon son humeur elle fera de n'importe quel endroit une féérie ou un enfer. Elle est dans l'action, elle peut changer le cours des choses et rares sont ceux qui savent comment on la maîtrise, il a fallu des amoureux exceptionnels pour y parvenir, des ingéniosités peu communes pour capturer cette force. Mais elle ne me laisse pas le temps de commenter nos retrouvailles, et soudain me demande : « Tu te souviens de quels enfants, toi ? »

Mes yeux quittent son visage, j'essaye de sortir un instant de ces contours lumineux, de quitter la surface miroitante de son regard. J'observe derrière la vitre la déambulation d'une femme vêtue de plusieurs couches de pulls, d'un jogging d'homme et de baskets trouées, qui se penche pour extraire des restes de fast-food d'une poubelle à l'angle de la rue. Elle les glisse dans son cabas, puis elle va s'accroupir sous une porte cochère où elle se met à manger un à un les restes qu'elle a accumulés durant une quête qui doit durer depuis de longues heures déjà de cette froide journée. Ce qu'elle fait est lent, humiliant et pénible et je sais, pour recevoir chaque semaine, et de plus en plus, des femmes et des hommes comme elle dans mon service, qu'il suffirait de presque rien pour qu'elle décide d'abandonner ces efforts d'alimentation désordonnés et qu'elle leur préfère la source unique mais les effets protéiformes de l'alcool. Je sais que dans ces conditions, le maintien de sa propre survie est aussi difficile pour cette femme que celui de toute une famille.

« Tu te souviens bien de quels enfants ? » Je pensais que je venais lui parler de l'état de Dom. Je m'apprêtais à donner le bilan de sa santé, à essayer d'exprimer en des termes acceptables ce qu'était devenue son espérance de vie, qui n'est plus tout à fait la vie dès lors qu'on se met à la nommer ainsi. En sortant de l'hôpital, je me suis répété les données principales du dossier, pour essayer de communiquer à Manu les chiffres et les quantités qui permettent, dans ce genre de conversation, de ne pas se sentir complètement impuissant. À présent, ce n'est pas qu'elle s'en fout, elle est émue, elle pleure quand j'essaye de dénombrer le temps, de placer des coordonnées sur cette étendue incompréhensible des grandes maladies, « On ne peut pas savoir exactement : entre une semaine et six mois. » Elle me répond : « De toute façon, on ne peut pas le sauver. » On dirait que cette mort qui est devant nous, parce qu'on ne peut rien faire pour l'éviter, est presque pour elle un événement du passé. Cette conversation médicale l'intéresse mais sans plus, ses larmes, elle les chasse. C'est d'autre chose qu'elle veut me parler, à propos d'une époque à la fois plus ancienne et beaucoup plus actuelle pour ce qu'elle agite de nos pensées, de nos opinions et de nos choix. Les mots reviennent, « les enfants », « Marseille » et « le jour du spectacle ». Et je sais en entendant sa voix que se souvenir fait partie d'une opération de survie, la nôtre, à laquelle il serait dangereux et lâche de nous soustraire. Alors je l'écoute, dans ce café morose qu'elle ne voit même pas, et je la suis dans les chemins où depuis plusieurs jours nous avons erré sans nous croiser.

« Tu penses qu'elle est comment, l'île ? Et tu la situes où ? » Je ne sais pas… Je propose une plage de sable, des fleurs voluptueuses, pourquoi pas un peu carnivores. Manu a l'air à la fois impatient et amusé, elle enlève son manteau, pose devant elle un paquet de cigarettes dont on sait l'une et l'autre qu'on ne pourra pas le fumer à l'intérieur mais qui est là si on veut faire une pause un peu plus tard – parce que peut-être on en a pour longtemps, je commence à m'en apercevoir. Non, ce sont des pins, répond Manu, et une végétation beaucoup plus méditerranéenne… Pour échapper à son regard moqueur, gagner quelques secondes encore, je cherche mon téléphone dans ma poche, mais en voyant sur l'écran la pile de messages qui s'accumule je décide immédiatement de l'éteindre tout à fait. « Demande à Dom, tu verras, il sera d'accord. » J'écoute Manu, et enfin j'entends chacun de ses mots, ils sont nets, chacun imprime dans mon esprit exactement son volume et son poids. En la retrouvant je me rends compte à quel point, depuis plusieurs jours, disons depuis l'arrivée de Dominique dans mon service – je peux le dater comme cela, je pense, mais peut-être que cet état dure depuis plus longtemps… –, je vis dans un état de distraction permanente, dans une séparation à la fois douloureuse, et anesthésiée, entre mon esprit et la réalité. Alors que son île, son récit, j'arrive ce soir à entendre toutes les paroles qui en émanent, elles se matérialisent, elles forment des odeurs, des êtres et des objets que l'on peut sentir et que l'on peut toucher.

Elle a raison, je m'en souviens, c'est une île où il y a des pins, c'est obligé, des côtes escarpées, et des sous-bois tellement secs que les hirondelles les font bruisser comme des crécelles quand elles se posent. Car on est en pleine Méditerranée… Tu te souviens que le bateau a fait naufrage entre Tunis, où a eu lieu le mariage de Claribel, la fille du roi de Naples, et l'Italie. Et la première habitante de l'île, Sycorax, la mère de Caliban, tu te rappelles ? C'est une sorcière d'Alger, elle a pu venir là en un coup de Zodiac. C'est une petite île de rien du tout, à laquelle on accoste avec des embarcations modestes. Les petites îles méditerranéennes ce ne sont pas des nouveaux mondes en puissance, pas des terres annexables par des conquistadors ou par des compagnies de commerce… On n'y amènera pas de chevaux, pas de fusils. « Ce sont des îles à chèvres… » Dans l'île de Prospero on ne trouve pas de champs, pas de prairie. Donc des allées de pins, aux branches nettes étoilées par les aiguilles, des allées vertes à l'odeur collante de sève. On ne peut pas y planter grand-chose, pas non plus prétendre y installer un port, y faire des trafics quelconques. Toute tentative d'organisation sociale, toute entreprise économique se trouve anéantie par la contemplation des monts chauves et des falaises écorchées, trempant comme des êtres préhistoriques dans la mer sans visage.

* * *

À l'époque, je tente de me rassurer en considérant que Dom s'y est bien pris sur le moment, qu'il a saisi l'importance de ce qui se passait – je pense comme ça, je m'en rends compte aujourd'hui, sans envisager alors une seule fois de faire quelque chose de ma propre initiative, cela me paraît inimaginable de ne pas demander à Dom son autorisation ou d'avoir une initiative sans le prévenir. Sur la petite plage de la calanque, Dom a cherché à savoir immédiatement ce qui se passait, et appelé chacun au calme, ce que j'ai vu comme une preuve de son expérience. Dès que je lui ai parlé de la situation, il est allé voir Jo. Il s'est assis avec elle sur le sable pendant une longue demi-heure. On a beau s'occuper des autres enfants, avec Manu, on ne peut s'empêcher d'observer ce qu'il fait : on le voit qui questionne la petite mais qui se tait aussi, le plus souvent possible, tandis que Jo fait des gestes d'explication avec ses mains, hoche la tête, désigne certains autres enfants ou une figure imaginaire devant elle, désigne les pins, les rochers, et enfin, la mer. Au bout d'un moment, Dom lui donne la main et Jo cesse de faire des dessins invisibles dans l'atmosphère, ils restent tous les deux immobiles, le calme revenu dans le corps de Jo.

Puis Dom nous rejoint, la tête dans les épaules, et dans un moment où nous sommes un peu tranquilles, les enfants occupés à répéter et à faire une hutte avec les branchages au pied de la falaise, il nous explique que la situation va être difficile parce que la petite fille « raconte n'importe quoi ». Il précise : « Elle dit qu'elle s'est cognée en jouant avec son frère. » Il se tait un instant, renvoie un ballon qui a roulé jusqu'à nous en faisant signe à Bastien et Mario d'aller jouer plus loin. Il reprend : « Je la connais sa mère… Si on lui parle comme ça, sans avoir de preuve, elle va se braquer, et ça peut se retourner contre Jo. Ce qu'il faut faire, c'est appeler l'aide sociale à l'enfance, eux ils peuvent l'examiner et essayer de la faire parler. » Il s'est mis à rouler une cigarette sans nous regarder, Manu et moi – je crois que jamais roulage de cigarette n'aura duré aussi longtemps. « Si on agit trop vite on risque de faire des conneries. Ça arrive tout le temps ces histoires…

On fait honte aux parents, alors qu'on ne sait pas s'ils ont vraiment fait un truc. Tu imagines, si on fait une erreur ? Je dis pas qu'il n'y a rien mais je sais pas, c'est peut-être un autre gamin du groupe, c'était peut-être même pas mal intentionné, il faut qu'on regarde ça. Ça peut être un proche, quelqu'un d'autre que ses parents, ou peut-être qu'elle est vraiment tombée, on sait pas. » Il allume enfin sa cigarette. Et je pense que oui, peut-être, mais en attendant Jo va rester au même endroit et… C'est Manu qui s'y risque : « En attendant, on la laisse chez sa mère ? – En attendant, elle me dit qu'elle est contente parce que la semaine prochaine elle dort chez son père, à partir de lundi soir… Ça fait plus que trois jours à attendre. Elle m'a dit que c'est Ahmed qui viendra la prendre après le théâtre. Il va l'emmener manger du poisson grillé à Cassis quand elle rentre, avec sa grand-mère, elle a hâte d'y être. » Ce lundi de festivités me paraît loin, très loin, et je ne sais par quelle folie je me sens encouragée à intervenir, je relance : « Mais est-ce qu'on ne peut pas appeler son père tout de suite, pour que ce soit lui qui la récupère quand on rentre ? – Bien sûr, et on dit quoi à la mère ? » Dom m'a interrompue de façon cinglante. Je comprends que l'apparence d'une discussion, c'était le maximum de ce qu'il pouvait offrir et qu'il s'est déjà suffisamment justifié à son goût. Manu a l'air consternée par mon attitude, et je me sens soudain très à la traîne sur la réflexion qu'elle et Dom semblent partager. C'est elle qui ajoute : « Tu veux appeler Adeline et lui dire qu'en fait on pense qu'elle tabasse sa fille mais qu'on n'en est pas sûrs ? Tu veux l'appeler pour lui demander si c'est vrai ? » Le silence retombe. On évite tous de se regarder, je sens mon isolement qui continue de se creuser et peut-être qu'on tourne nos visages vers la mer en essayant de visualiser ces trois journées d'août qui s'étendent, informes, dessus et dessous la ligne de flottaison… En gage ultime de sa bonne volonté, Dom ajoute : « L'ASE ils sont joignables tout le temps, je vais faire le signalement dès qu'on revient au théâtre mais ils enverront peut-être pas quelqu'un pendant le week-end… Faut attendre. »

Puis le bus est rentré des calanques, plein d'enfants exténués dormant dans les fauteuils comme des saoulards, tout collés de sable et de poussière. Même Jo semble avoir trouvé refuge dans le sommeil, le temps du trajet. Manu est venue s'asseoir près de moi, pas pour me parler de la petite fille, mais pour me rendre complice de ce qu'elle était en train de prévoir avec Dom. D'un air très excité, comme si nous nous amusions de cette situation en grandes pros du libertinage, elle m'a dit à l'oreille qu'elle rentrerait avec lui. En me prêtant une sorte de désinvolture toute nouvelle, elle m'a extorqué un regard amusé et un haussement d'épaules… « T'as des capotes ? » me demande-t-elle. J'aurais pu répondre d'expérience que Dom en avait déjà chez lui, mais la question n'avait rien à voir, elle me faisait savoir qu'elle se foutait de mon accord, et me laissait une petite brèche pour faire semblant qu'on restait amies. J'ai sorti mon sac de sous le siège, je me suis assurée qu'aucun enfant ne jetait de regard indésirable par-dessus le fauteuil ou la travée, et je lui ai filé en douce quelques capotes (enveloppes roses, enveloppes violettes, elle en a pris et elle m'en a laissé, « vas-y gardes-en, gardes-en »), avec la fierté naïve du dealer déjà défoncé à sa propre came, et qui croit à cause de cela qu'il en a vraiment de la très très bonne.

À l'arrivée, les enfants sont récupérés par des adultes, sauf certains qui rentrent seuls en titubant dans la ruelle qui longe le théâtre. Et la mère de Jo se pointe sans faillir avec tous les autres parents : elle arrive avec le cadet éternellement larvé dans la poussette, entre les sacs de courses. Elle accueille sa fille en l'embrassant sur les deux joues, et elles s'éloignent.

On n'est plus que trois sur le trottoir, Manu, Dom et moi. Je me concentre aussi longtemps qu'il m'est possible sur la trajectoire de la mère de Jo, Jo, et la poussette, le bus redémarre et on se fait des adieux rapides. Puis Manu s'en va avec Dom comme prévu, comme impossible à empêcher. Je vois leurs corps qui marchent côte à côte sans se toucher mais pire, qui connaissent d'instinct l'écart le plus ténu pour marcher près de l'autre sans le toucher, en attendant d'être à l'abri des regards.

Ce n'est qu'une fois seule que je tombe dans la colère, qui me paraît d'autant plus ridicule et plus vaine que je l'ai différée pour paraître forte et indifférente. En y repensant aujourd'hui je peux mettre la trahison de Manu autant que ma stupeur sur le compte de nos dix-huit ans, et sur la même ardoise notre patience à l'égard de ce garçon qui nous semblait être un homme, peut-être même un héros dont l'élégance et la grâce touchaient au sublime. Il fallait une dose incalculable de romantisme pour nous coucher comme ça mais visiblement nous en avions tant et plus, et encore à revendre…

Rapidement la colère révèle sa vraie couleur de désespoir, et je commence le week-end qui va être le plus long de ma vie. En rentrant seule à l'appartement, j'essaye d'incorporer la situation nouvelle : à présent c'est Manu qui dort chez Dom, et ça ne sert à rien de se révolter, je n'ai ni les mots ni la volonté pour protester. Je dois me dire, en m'imaginant que c'est de la sagesse, que Dom a le droit de faire un coup comme ça – je sens bien qu'il en a le droit, puisque depuis le début je pense qu'il fallait s'y attendre. Je me rappelle avoir été tellement fière qu'il me choisisse, moi – j'ai tellement imaginé devoir être enviée pour cela, il me paraît tout à fait naturel que Manu désire la même chose, je me raconte qu'elle l'a peut-être désiré en même temps que moi, et qu'elle, la pauvre, elle a dû attendre… Dom, sans te dire un mot, peut réussir à te faire croire un truc comme ça.

Je n'imagine pas qu'il y ait quelque chose à faire à part attendre, j'espère peut-être que la versatilité de Dom va se retourner à nouveau en ma faveur. Guidée par cette lumineuse philosophie, j'essaye probablement de mettre au frigo pour plus tard mon cœur tailladé, en l'emballant dans un morceau d'aluminium avec les restes du pique-nique. Et pendant deux jours je reste seule, je ne parle à personne, j'essaye de lire, de mettre de l'ordre dans l'appartement. Je n'arrive ni à manger, ni à dormir. Je deviens une ombre que la nuit vomit le matin sur le canapé du salon où je m'effondre pour le reste de la journée. Quand le soleil commence à décliner, je pars marcher du côté de la plage du Prado où, pour mon œil stupide, le monde semble entièrement se diviser en trois catégories : les familles qui jouent au ballon, les couples qui s'embrassent, et moi, un spectre.

Peut-être que je sens aussi que ma jalousie ne sert à rien et qu'elle va passer – cela je le formule depuis la rive du présent, en essayant de me prêter un peu d'intelligence *a posteriori*, si une telle chose est possible, un peu d'anticipation de l'expérience future… Toute cette histoire me fait penser qu'il faudrait que je parle un peu plus à ma Lina dont le pied nu se balance le soir sur les roues du fauteuil de bureau, quand elle poursuit je ne sais quelle errance sur la toile d'Internet, je ne sais quel flux de pensées sentimentalo-je-ne-sais-quoi, mais si je sais, sentimentalo-érotique à coup sûr, il faudrait que je la prévienne ou que je demande à Sofien de lui parler. Puis, je me rends compte que cette prévenance maternelle n'est qu'une tentative pour racheter ma bêtise passée, ou que je ne serai pas capable de lui parler, ou que je ferais mieux de la laisser tranquille, et je renonce, je retourne à la jeune fille que j'étais, pour ne pas la regarder avec trop de sévérité. Je sentais peut-être que ma fureur avait une part de comédie, qu'elle servait à masquer le désarroi de ne plus s'aimer et la certitude qu'il n'y avait rien à y faire. Sans qu'on en décide Dom et moi, et sans qu'on en parle, je comprenais que quelque chose qui ne dépendait pas de nous, qui nous avait rapprochés, nous avait tout aussi sûrement quittés – du pas silencieux et volontaire d'un chat qui est venu chercher des caresses, puis qui s'éloigne pour aller chasser quelque chose qui l'intéresse davantage. Ce chat est différent pour chaque amour, il est peut-être noir avec un masque blanc, ou bien il a une toison épaisse d'un gris profond, ou il est un peu roux et un peu émacié, on ne sait déjà plus, il s'écarte, on ne peut plus ni tendre la main vers lui pour qu'il y roule son visage, ni l'appeler, on ne sait même pas son nom, on se rend compte qu'on ne l'a jamais su, de toute façon il ne vous appartient pas, il vous a quitté.

Ainsi je reste à traîner dans notre appartement, finalement seule et dégrisée, sans même espérer un message tendre de Dom. Manu n'est pas là : elle a pris ma place chez lui, mais je ne peux pas me plaindre, considérant qu'il y a peut-être plus à perdre en la perdant elle. Et quand le silence se fait dans ma tête j'entends enfin la voix qui était là sans cesse en sourdine, comme provenant d'une cave ou d'un film mal doublé, malgré les lèvres closes des personnages, et c'est la voix de Joséphine Voulant. Mais je n'ose toujours pas appeler Dom et Manu pour en parler, j'ai trop peur de faire intrusion et qu'ils me traitent de folle ou d'incapable. Et je reprends mon manège dans l'appartement et jusqu'à la plage du Prado, et jusqu'au canapé.

De là je repense à Jo, accroupie sous la lame blanche de la falaise, ou bien allant et venant sur la plage avec son fagot de bois. Puis je rêve d'une route caillouteuse en bord de mer où il n'y a personne, même pas moi : je ne sais pas quels sont les yeux qui contemplent cette route, sur cette île que sa population a abandonnée.

Le lundi qui suit la promenade aux calanques, il nous faut aborder avec les enfants un projet qui depuis le début nous semble à tous baroque et compliqué à mettre en œuvre : il faut préparer l'intermède fantasmagorique pendant lequel Prospero, avec l'aide d'Ariel, décide d'organiser un mariage magnifique pour Miranda et Ferdinand. Ils font alors venir toute une revue de déesses et de nymphes romaines qui réalisent en costume intégral des chorégraphies éblouissantes dans le ciel de l'île, et rivalisent d'inventivité pour adresser leurs vœux aux deux jeunes gens, qui restent à se tenir la main devant la hutte. C'est un épisode qui pose plusieurs problèmes : il ne plaît pas aux garçons pour qui il manque d'action et il stresse les filles qui sont plusieurs à vouloir être Iris ou Junon. De plus, cet épisode exige d'être nombreux sur scène, tout le monde ensemble, et cela promet des répétitions assez fatigantes. Mais Dom a assuré qu'il avait de nouvelles idées pour cette partie du spectacle, et nous attendons ses consignes…

Je ne m'étais pas levée très tôt, et craignant de retrouver Dom et Manu, et ma nouvelle place dans le trio, je m'étais rendue au théâtre par des détours, en profitant de la douceur du début de matinée pour prendre un café et un croissant sur une terrasse. Quand je suis arrivée, Manu était déjà là : elle allait et venait entre la salle, où elle accompagnait les premiers arrivants, et le portail d'enceinte qu'elle franchissait sans cesse pour jeter des coups d'œil dans la rue. Elle avait l'air aux abois : « Tu n'as pas vu Dom ? » J'ai essayé de répondre d'un ton que je voulais amusé et affectueux, et qui devait surtout être bête : « C'est plutôt toi qui l'as vu, non ? » Elle m'a quittée un instant pour accompagner Morgane qui avait besoin d'être rassurée sur la robe que sa mère lui avait cousue pour la scène du mariage, et que la petite ne voulait pas dévoiler devant tout le monde. Manu l'a suivie à l'écart et s'est accroupie devant elle pour la regarder déplier la longue fleur en tulle vert et bleu qui lui avait été fabriquée pendant le week-end : c'était en fait une merveille, si je me souviens bien, un costume de Junon avec un galon d'or sur le col et les manches, et de la tendresse dans chaque point de la jupe, dans chaque sequin qui y était cousu. Je voyais les gestes de Manu, son sourire, son enthousiasme, et l'effort avec lequel elle chassait les traces de son inquiétude, avant de laisser la petite repartir dans la cour, et que ses traits ne se figent à nouveau. Elle est revenue vers moi. Pas du tout : Dom avait été absent tout le week-end. Ils avaient passé ensemble la nuit du vendredi et ça avait été « vraiment bien ». Après une pause : « Hallucinant, en fait. » (Elle m'énervait. Elle avait pris ces mots-là quelque part, même le « en fait », j'en suis sûre.) Et après ? Il lui avait dit qu'il avait des chantiers du côté de Cassis, qu'il ne fallait pas compter sur lui. Et les soirs ? Il avait un ami qui était de passage, un mec de Montpellier qu'il n'avait pas revu depuis un bail, pareil, il allait pas être là le soir. Il n'avait pas dormi une seule fois dans l'appartement où Manu avait quand même choisi de rester, en espérant pouvoir frotter sa peau à la sienne dans le noir, quand il reviendrait, mais elle avait attendu en vain, toute seule. Et le lundi matin était arrivé, et il n'était toujours pas là. J'ai suggéré qu'il était reparti pour son chantier, une urgence, des trucs à arranger avec les ouvriers avant de revenir ; mais rien ne justifiait qu'il n'ait pas prévenu.

D'autres enfants continuaient à arriver, seuls ou avec leurs parents, et je guettais la venue de Jo. La mère de Romane était déjà sur nous : plus le spectacle approchait et plus ses questions se multipliaient. Et celles-ci ne souffraient pas d'être traitées par des subalternes : « Est-ce que Dom est là ? » Manu a répondu qu'il n'allait pas tarder, qu'elle pouvait l'attendre dans la cour avec nous. Les enfants eux étaient excités par la proximité de l'événement : mercredi de la semaine suivante… Cela devenait pour eux une distance tangible. On est donc restées avec Louise Kosice, qui essayait d'être sympa mais qui nous stressait à attendre avec nous, et ne nous intéressait pas avec son invitation pour une balade en bateau le week-end suivant ou celui d'après. Sa fille avait déjà disparu dans les vestiaires pour se pomponner, mais beaucoup d'autres enfants étaient encore en train de bavarder et de jouer sous les platanes. Plusieurs sont venus nous voir, à leur tour, pour demander quand allait arriver Dom. On continuait de répondre qu'il n'allait pas tarder, mais on avait du mal à cacher notre gêne.

Louise a fini par lever le camp en disant qu'elle avait quand même autre chose à faire que de l'attendre, et qu'il devait l'appeler. En nous asseyant sur les marches à l'entrée du théâtre, on a enfin allumé les cigarettes qu'on n'avait pas osé fumer en sa présence.

Il n'y avait plus aucun parent en vue. On réfléchissait à ce qu'on allait faire en l'absence de Dom – absence qui devenait inévitable pour cette matinée. En bavardant, on commençait à déployer entre nous l'espace imaginaire du théâtre, à y placer les enfants, à réfléchir à des jeux, ou à des musiques qu'on allait choisir. Quelques enfants sont encore passés devant nous et comme elle l'avait vu faire par Dom, Manu leur tendait une main ouverte, « Check », puis son poing refermé contre lequel ils appuyaient le leur – ils checkaient, recheckaient, puis couraient s'installer dans les gradins, Morgane avec sa robe qu'elle avait montrée à Leslee, puis Bastien, en retard, probablement à cause d'un shoot supplémentaire d'insuline qu'il avait dû prendre avec son petit-déjeuner.

Je guettais plus que tout l'arrivée de Jo. Une part de moi s'attendait à ce qu'elle ne soit pas là, et dans ce cas, que ferait-on ? Appeler chez elle, prendre de ses nouvelles ? On pouvait nous répondre qu'elle avait une otite, suite à une baignade. Ou comme elle l'avait dit elle-même, qu'elle s'était fait mal en tombant, « en jouant avec son frère ». Et qu'il fallait la garder à la maison, le temps qu'elle guérisse… Et nous on raccrocherait le téléphone, sans savoir quoi dire. Mais Jo et sa mère sont enfin arrivées, avec le petit dans la poussette, et Jo était tout à fait enjouée, tenant sa mère dans une main et son casque dans l'autre. Elles sont venues nous dire bonjour. Adeline nous a rappelé que ce soir, c'était bien Ahmed qui venait chercher sa fille, elle a ajouté « À chaque fois, quand elle est là-bas, elle me manque… » et Jo souriait d'aise. Puis Adeline a encore dit : « Le pire, c'est qu'il va déménager encore plus loin à la rentrée, à Toulon. » Elle a ramassé une tétine que le gamin avait fait tomber dans la poussière, fouillé dans son sac pour en trouver une autre, qu'elle lui a tendue. « Tu comprends, ça va être vraiment difficile pour la garde, les trajets… » Jo s'en est mêlée : « Mais Papa a dit que je pourrai prendre le bus toute seule ! Et pour me chercher il y aura… » – et un instant, oh, ça a duré quoi… rien du tout… peut-être le temps que le petit frère fasse à nouveau tomber sa tétine, qu'à nouveau la mère la ramasse par terre, la fourre dans son sac et y cherche encore une nouvelle munition, qui sait, mais qu'elle n'en trouve plus et cette fois, exaspérée, au bord des larmes, elle a regardé Jo d'une façon qui la fit taire. Elle a conclu, en nous prenant à témoin j'imagine de ce scandale pour sa logistique personnelle : « C'est loin, Toulon ! C'est beaucoup trop loin. » Puis elle a souri, s'est penchée vers Jo pour l'embrasser, « Bonne journée ma chérie », à nous « Bonne journée, les filles », et elle est partie.

Je regardai les enfants. Quelque chose était changé dans leurs manières, qui était peut-être dû à l'imminence du spectacle mais aussi à une autre raison qui m'échappait. Farid passa près de moi, bras dessus bras dessous avec Mario qui s'arrêta pour demander à son tour où était Dom – à nouveau, nous fîmes notre réponse, « Il arrive, il arrive… », et je lus sur le visage de Farid l'enchantement ou l'espoir de ne pas le voir arriver du tout. Il allait falloir appeler les autres qui traînaient dans la cour, mais nous-mêmes n'étions pas pressées de commencer les répétitions toutes seules. En vérité ils avaient l'air assez heureux comme ça, à faire les sauvages dans la poussière. On entendait des chocs mats suivis de cris – une des petites, je crois que c'est Léa, avait fêté ses dix ans quelques jours plus tôt et elle était revenue avec un surplus de ballons gonflables dont ils faisaient des bombes à eau qui sifflaient à travers la cour et s'écrasaient contre le mur du théâtre. C'était une trouvaille en cette journée de canicule et on avait du mal à affirmer que c'était un jeu dangereux à cause des voitures qui passaient devant les grilles : les bombes orange et vertes continuaient de s'abattre tout autour de nous, et on avait renoncé à interdire. Le robinet qui servait à remplir l'arrosoir derrière le théâtre était constamment squatté par Léa et Morgane qui étaient les maîtresses du jeu – et ça valait mieux que les toilettes, qu'on avait retrouvées inondées, des lambeaux de caoutchouc multicolore dérivant dans des flaques noires de pas. Devant leur zèle, on préférait encore l'amorçage et le lancer des bombes dans la cour… D'autant plus qu'il fallait protéger l'accès aux toilettes, et pouvoir surveiller ce qui s'y passait – des filles traînaient longtemps pour y faire salon, se maquiller, elles se mettaient du fond de teint et du vernis à ongles mais l'une d'elles s'était aussi gravé un tatouage au sang sur le bras (M ? A ? Je ne sais plus. L'initiale d'un garçon) avec un cutter qu'elle avait pris pendant un atelier de décor. C'était, heureusement, peu profond, mais les parents avaient failli la retirer du stage, et la lettre de sang avait mis plusieurs jours à guérir, j'avais encore du mal pendant les répétitions à poser mes yeux sur ce bras, sur la croûte et sur l'hématome qui lui étaient restés. Dehors c'était mieux, à ciel ouvert on évitait ce genre de pratiques alternatives et on se retrouvait avec ce bon vieux concert de bombes à eau, ou avec un trafic de pétards claque-doigts qui éclataient à tout bout de champ pendant les conversations. Mais leurs mœurs incompréhensibles allaient bien au-delà des jeux qu'ils pratiquaient, de leurs goûts vestimentaires, ou de leur indifférence au bruit et au désordre. Ils formaient une communauté à part, ou pire que cela, car le caractère principal de cette communauté était qu'aucune de ses règles ne permettait la vie en commun. S'asseoir ensemble pour un repas, se dire bonjour, se tenir la porte, ne pas hurler, aucun de ces usages n'était pris en compte autrement que pour en faire des sortes de déguisements. Ils s'accordaient à les suivre, la plupart du temps ils respectaient ces manifestations de bienséance et d'harmonie, mais plutôt comme des extraterrestres de Roswell qui auraient mis des vêtements qui les grattent, ou qui auraient appris un manuel de politesse dont ils se relisent la nuit les meilleurs passages, en les éclairant de leurs yeux phosphorescents et en hurlant de rire. Ils se tenaient bien, dans la mesure du possible, mais en nous observant à la dérobée, et à la moindre occasion ils iraient s'ébattre à leur manière. Je ne pouvais m'empêcher de leur envier cette absence de code, qui ridiculisait tous nos efforts de sérieux et toutes nos précautions. À leur hauteur, ils échappaient à la chorégraphie pénible que nous autres adultes nous nous infligeons, pour nous côtoyer facilement les uns les autres sans nous cogner, moins par gentillesse ou par douceur que pour pouvoir mieux nous ignorer. Tandis qu'à leur âge ils préféraient largement s'invectiver, se battre, rire et crier à s'en déchirer les tympans, se faire pleurer. Qu'ils grandissent encore de quelques centimètres, et ils iraient s'engluer dans une toile d'amabilité et d'indifférence dont ils ne ressortiraient jamais. Tout en étant très jeune moi aussi, j'avais déjà bien conscience de cette séparation entre moi et eux.

On s'est dit qu'on allait encore en griller une avant d'aller travailler. On allait pouvoir s'y mettre tout de suite : on s'est rendu compte qu'il ne faudrait même pas les chercher et les appeler un par un, ils étaient tous rentrés dans le théâtre de leur plein gré, ils avaient dû se passer le mot. On avait vu les derniers arrivants se dépêcher, plus rutilants et essoufflés que des fans d'opéra qui ont acheté des places exorbitantes et qui entendent la sonnerie du commencement. Soudain, devant nous la cour était vide. Manu a juste eu le temps d'écraser sa cigarette et d'essayer de dire : « Allez faut qu'on y aille, là. »

Avant qu'elle finisse sa phrase, on a entendu le premier hurlement. Ce son : la déchirure d'un éclair, suivi d'une série de chocs contre une surface sourde. Et enfin, l'écho circulaire de leurs cris. En accourant le bruit se compliquait de halètements et de prières, de « non ! » et de « encore ! » hystériques, si difformes qu'il était impossible d'imaginer derrière ces sons quels pouvaient être les visages. Le temps qu'on arrive, il y eut une nouvelle clameur, quelqu'un prononça ceci : « Le laissez pas partir ! » – et on vit le cercle des enfants qui se resserrait pour empêcher Farid – une version cauchemardesque de Farid, le maillot de foot déchiré, le cou écarlate – de quitter la scène. Et quelqu'un le repoussa brutalement au milieu du groupe.

Au centre, ils étaient trois : Farid, qui revenait en titubant. Mario, qui hurlait les ordres. Et Joséphine. C'était elle qui frappait. Elle serrait les poings, et écartait les jambes comme pour rester stable dans son délire. De temps en temps elle claquait aussi sa main contre celle de Mario ou d'un enfant dans le public, Romane, ou Félice, vêtue de son costume de Junon, qui étaient toutes les deux au premier rang. Elle transpirait, et elle frappait son pied contre les planches comme pour se donner un rythme, c'est ça qui produisait les chocs qu'on avait entendus. Quelqu'un cria « Vas-y Jo ! », et de son poing serré elle frappa à nouveau l'épaule de Farid. On ne distinguait même plus les voix des filles de celles des garçons, fondues dans un même éclat de rire : « Elle y va, hein ! Regarde regarde elle y va, vas-y, Jo ! » et « Elle est bête ! Qu'elle est bête, regarde ! ». Dans le décor, des chaises avaient été renversées, et du jus d'orange que quelqu'un avait apporté pour le petit-déjeuner s'était répandu sur la scène en traînées poisseuses qui faisaient glisser les combattants. Dans son rôle de meneur, Mario veillait au prolongement du spectacle : il dit à Jo de se calmer, à Farid de répliquer, et Farid la gifla. Puis ils roulèrent ensemble par terre, toujours encouragés par tous – l'un ou l'autre des spectateurs essayant de placer un coup de pied sur les combattants s'ils passaient devant lui. Je vis Marcel Huang, au premier rang, qui s'avançait sur les combattants à pas contenus, avec la prudence que l'on a quand on s'approche d'un feu, pour donner à son tour un coup de pied dans la mêlée, juste avant que Jo ne reprenne le dessus et qu'elle n'arrache à Farid un cri strident en l'attrapant par les cheveux. Elle lui a tiré la tête en arrière, comme ça, et il a encore hurlé, puis Jo l'a lâché – et ce qui devait être un soulagement ne l'a pas été, même une seconde, parce que dans le même élan, la tête qui repartait en avant, elle lui a abattu le front contre les planches.

Et tout s'arrêta. Les enfants, soudain, nous virent. Et pendant que l'arcade sourcilière de Farid pissait le sang, pendant que Jo s'essuyait la bouche et le front avec le dos de ses poings, d'un geste très sûr, dont on se demandait où elle l'avait appris, pendant que le groupe s'écartait, Manu traversa la scène. Elle s'assit près de Farid. Elle effleura son épaule – et sans l'obliger, d'un geste qui le guidait comme à distance, elle lui fit redresser le buste, puis réussit à l'allonger, la tête sur ses genoux. Elle dit (les têtes s'étaient rapprochées, de nouveau elles encerclaient l'action) : « Quelqu'un me passe un chiffon ou un tissu, tout de suite. » Et Mario s'avança en enlevant son tee-shirt et s'accroupit près d'elle, et avec ça elle essuya le visage de Farid, et le sang, comme un cours d'eau filmé à l'envers qui revient dans sa source, revint dans les bords de la plaie devenus noirs mais bien limités, mais visibles.

Je me suis agenouillée près d'eux, à mon tour. Il ne fallait pas beaucoup d'expérience à l'hôpital pour constater que Farid allait devoir en passer par quelques points de suture, mais pas beaucoup, et je lui ai annoncé, j'ai murmuré plutôt : « Trois ou quatre points, tu vas voir, pas plus. » Et la main de Manu a essuyé les larmes sur ses joues et ce contact les a taries, il est juste resté blotti contre elle, en attrapant sa main dans la sienne et en fermant les yeux. On n'entendait plus les enfants. Ils se tenaient sans bouger tout autour de nous : Farid dans les bras de Manu, Mario agenouillé près d'eux, autoproclamé infirmier supplétif des urgences, aussi crédible là qu'un évadé de prison qui a volé un costume de gardien, et moi.

Je me suis levée. J'ai demandé, « Et elle est où, Jo ? » Et à nouveau, le cercle s'est ouvert. Jo s'était assise à l'écart, dans le décor : sur le tronc couché qui servait de banc, devant la hutte de Prospero. Elle était horrible à voir. Ses bras étaient couverts de griffures. Son casque était resté accroché par la sangle autour de son cou et son visage était écarlate. Un de ses yeux, enflé, ne s'ouvrait plus. Et sa lèvre inférieure saignait sans discontinuer sur son menton. Elle ne s'essuyait pas. Elle avait posé ses mains sur ses genoux, et elle ne bougeait pas.

Je me suis approchée en me demandant quel sermon j'allais pouvoir lui faire, quelle insulte lui lancer à la figure. Et tout en cherchant je me suis assise à côté d'elle. Elle avait la bouche entrouverte et la tête penchée – je pouvais entendre sa respiration qui sifflait, et je n'arrivais pas à croiser son regard.

Je l'ai prise dans mes bras, longtemps, pendant peut-être une, peut-être plusieurs minutes. Le temps d'essuyer sa bouche avec ma main, d'écarter les cheveux collés sur son front, sur son visage, de la garder contre moi en sentant sa poitrine qui se serrait et qui se desserrait. Peut-être jusqu'à aujourd'hui, dans ce café aux vitres battues par la pluie. Je l'ai gardée dans mes bras aussi longtemps que ses pleurs ont duré.

* * *

Je rentre tard, l'horloge de la cuisine m'apprend qu'il est près de deux heures du matin. On a traîné avec Manu, déplacé notre conversation jusqu'à la salle rouge et or d'un restaurant chinois qui aurait pu être n'importe où dans le monde puis nous avons marché, j'ai poussé mon vélo sur les trottoirs encore humides et nous sommes allées boire quelques verres du côté du Marais. Je retrace approximativement ces étapes de notre parcours, comme pour me justifier sous l'œil de la pendule, mais en vérité je ne les distingue pas très bien, elles se fondent dans le même récit, une seule et même navigation guidée par la voix de Manu. En rentrant chez moi, je trouve agréable cette veille, qui cette fois n'est pas la transe desséchée de l'insomnie, mais qui est pleine de ses paroles.

En passant la porte j'ai aussi rouvert mon téléphone et vu que Dom avait cherché à me joindre plusieurs fois depuis l'hôpital. À vingt et une heures (on devait être en train de chercher un restaurant), puis à peu près toutes les heures, jusqu'à minuit où il m'a envoyé un texto : « La nuit est trop longue. S'il te plaît, j'ai besoin de te parler. Tout le monde dort dans ce couloir, je ne sais plus si je rêve. S'il te plaît rappelle-moi, même s'il est tard, rappelle-moi… » Mais je ne rappelle pas. Je ne réponds même pas quelques lignes, même pas trois mots, « Je passe demain », comme je l'ai fait tant de fois ces derniers jours. Je m'allonge dans le canapé et pose le téléphone sur la table basse, l'écran allumé. Je le laisse comme ça devant moi pour l'instant, comme une bouche ouverte. Je somnole dans le canapé. Le portable, encore : « S'il te plaît. Tout le monde dort. Je voudrais te parler. » J'attrape l'appareil, j'essaye de commencer une réponse, quelque chose de temporaire, au moins une veilleuse que l'on branche dans la chambre d'un enfant pour qu'il puisse attendre le matin, je commence à taper quelque chose mais je renonce, je le repose devant moi. Je n'y arrive pas.

Toute la soirée Manu a parlé, et ensemble on a retrouvé l'île. On a retrouvé la plage depuis laquelle on peut regarder la tempête, et voir le bateau sombrer. Elle expliquait, de sa voix basse, rythmée et pas articulée, et je la suivais comme je pouvais dans la masse des souvenirs. On a retraversé la forêt de pins et tout au fond, après nous être perdues plusieurs fois en voulant suivre une musique sans musicien, on a trouvé la hutte de Prospero, et le banc (le tronc épais couché sur la terre battue) qui est posé devant. Cette hutte, c'est une hutte de rien du tout : elle est faite de branchages, égayée par quelques tissus précieux qui sont tout ce qui reste du passé aristocratique de Prospero et qui sont accrochés au-dessus de la porte. On s'est assises sur le banc Manu et moi, pour continuer à bavarder. Et elle a repris l'histoire à un moment que je connaissais bien, le lundi soir, lorsque Ahmed est venu chercher Jo.

Jo est cabossée de partout, et Ahmed n'engueule pas, il ne parle pas beaucoup d'ailleurs, il écoute juste ce qu'on lui raconte de « l'incident » – c'est comme ça que Dom a appelé les choses le lendemain matin, quand il est enfin revenu. Ahmed demande juste si Joséphine a le droit de continuer avec nous et Manu et moi on propose qu'elle ne vienne pas pendant une journée, le temps de se calmer, « le temps que tout le monde se calme en fait ». Ahmed dit : « D'accord. Alors c'est ma mère qui va la garder demain. » Et il ajoute : « Elle y peut rien des fois, la petite, elle a la pression. C'est pas de sa faute, vu qu'elle a la pression. » Quand elle m'a rappelé ce moment j'ai dit à Manu : « Je sais, merci, je m'en souviens très bien. » Ahmed a demandé à Jo où étaient ses affaires, il a pris son sac à dos dans une main et la main de Jo dans son autre main, et on les a regardés partir.

« Mais tu n'étais pas arrivée en avance le mardi matin. » Manu a retrouvé Dom chez lui dans la soirée, il est rentré chez lui sans expliquer où il était allé, et quand Manu a raconté ce qui s'était passé il a semblé très contrarié – pas triste, pas terrifié, Manu dit « contrarié ». Et sous le néon du restaurant chinois, devant les grains éparpillés de son riz aux crevettes, elle ajoute :

« On est arrivés une grosse demi-heure avant les enfants. Tu n'étais pas là quand on est arrivés avec Dom, mais Ahmed lui nous attendait, depuis je ne sais combien de temps… Il nous a dit qu'il se faisait du souci. Que ça n'allait pas, chez Adeline, que Jo était bizarre. Il a dit qu'elle avait des bleus quand il la récupérait, qu'il devait lui aussi lui faire porter des grands tee-shirts pour cacher, sinon les voisins le regardaient de travers. Il a dit aussi que la petite était affamée quand elle revenait chez lui, qu'il avait l'impression de garder "un ogre" (il a employé ce mot). Il a dit aussi qu'Adeline n'aimait pas l'idée qu'il déménage à Toulon, mais qu'il n'y pouvait rien, qu'il était obligé à cause de son travail et que ça lui faisait peur parce que Adeline "ne trouvait pas ça pratique". Il ne voulait pas "que ça retombe sur Jo". En même temps, il disait qu'il ne pouvait pas la prendre chez lui tout le temps. Il vivait dans un studio, et ça n'allait pas changer. En plus en déménageant il n'y aurait même plus sa mère, et dans la journée il était tout le temps parti, tout le temps sur les chantiers, "je peux pas la garder tu vois, il faut que sa mère elle s'occupe d'elle". »

On est assises sur le banc de Prospero, Manu et moi… On est arrivées ce soir en un lieu que nous avons soigneusement évité pendant des années. Celui où nous nous sommes peut-être séparées pour éviter de se dire ce que l'une savait, ou ce que l'autre ne voulait pas savoir. On allume une cigarette, on piétine les cendres quand elles tombent dans la terre hérissée d'aiguilles de pin. Je comprends que Manu est venue ici autant pour faire ses adieux à Dom, des adieux secs et sans merci, que pour me parler de certaines choses qui m'échappent encore : « J'étais là, et Dom aussi était là, et il a bien entendu je peux te le garantir. – Et Dom il a répondu quoi ? »

J'insiste… Je me répète et au risque de me blesser à cette histoire j'insiste depuis tout à l'heure car je voudrais bien cela : qu'à défaut de tendresse ou d'espoir le langage amène un peu de logique dans ce qui s'est passé, alors je lui redis : « Dom, il a bien entendu ce qu'a dit Ahmed… Et il lui a répondu quoi ? – Qu'il allait en parler. Que c'était très sérieux et qu'il allait en parler. Mais il a rien fait de tout ça, je peux te promettre qu'il n'a rien dit. » Manu boit doucement quelques gorgées de sa Tsingtao, avec l'application qu'il faut aussi pour ravaler ses larmes. « Je retourne pas à l'hôpital. Aussi vrai que tu me vois là… C'est bon, hier il m'a vue. Il me reverra pas. »

On est assises sur le banc devant la hutte, on boit nos Tsingtao et on balaye la terre battue avec nos baskets. « Il n'a rien dit. » Tout autour de nous, sous les pins, la clairière est calme – on n'entend plus les enfants. Manu me raconte ensuite comment ils se sont engueulés, le soir, quand ils sont rentrés tous les deux. Elle lui a dit qu'il fallait tout de suite prévenir les services sociaux, qu'on ne pouvait plus attendre une seule minute. Et Dom s'est mis dans une colère noire. « Il m'a insultée. Il a hurlé en me disant que je ne connaissais rien à rien. » Il a dit à Manu que la mère de Jo, lui il la connaissait. Que son beau-père était un collègue, un camarade, ils bossaient ensemble, lui il le connaissait ! « Ils feraient pas un truc pareil. » C'étaient des mensonges, cette gamine ne disait que des mensonges. Elle était violente, elle pouvait déjà être bien contente qu'il la garde au théâtre. Il répétait : « Je les connais ! Je bosse avec lui ! » Et il est parti, vers minuit il a dit « Tu me fais chier, va te pendre », et il a disparu.

Manu m'a raconté pour la première fois ce qu'elle a fait le lendemain pendant la pause déjeuner. Comment elle s'est démenée pour trouver une solution sans le secours de Dom. Elle s'est dépêchée pour arriver à la mairie avant que tous les employés ne soient partis manger, et par chance elle a trouvé la fille qui nous avait accueillies le premier jour… Elle était toujours dans son bureau en bordel, en train de rouler une cigarette et elle lui a dit : « Mais pourquoi tu viens pas avec Dom ? » Manu a menti, elle a dit que Dom n'avait pas eu le temps, et qu'il l'envoyait à sa place. La fille est restée suspicieuse mais comme elle ne voulait pas d'ennuis elle lui a parlé du foyer pour filles qui était à Joliette, c'était le plus proche : eux ils pouvaient l'aider, ils travaillaient avec l'ASE. Ils savaient bien comment il fallait faire dans ce genre de situation, « qui il faut prévenir et tout ça ».

Manu est allée à l'adresse que la fille lui avait donnée. Elle est arrivée devant une grille assez haute couverte de végétation, qui entourait une résidence avec un grand jardin. Au début elle a trouvé l'endroit accueillant, ça avait l'air calme, on voyait que les filles qui venaient là étaient bien à l'abri, il y avait une tonnelle avec une vigne vierge, une table de ping-pong, des raquettes de badminton et des magazines posés dans l'herbe. Mais elle a été reçue par une fille, une des assistantes sociales du centre, qui était très méfiante. Manu lui a expliqué ce qui se passait avec Jo… La fille voyait très bien qui était Dominique Müller, elle connaissait le Théâtre d'Été, et de nouveau Manu a dû expliquer pourquoi ce n'était pas Dom qui appelait lui-même, et qu'est-ce que c'était que cette histoire de pas se déranger. « De toute façon, on n'a pas les moyens ici. Elle a quel âge ? » Manu apercevait deux filles, de quatorze-quinze ans, qui étaient venues s'asseoir sous la tonnelle. Leurs visages exprimaient un ennui profond et elles ne se parlaient pas, sauf de temps en temps pour se montrer quelque chose dans leurs magazines, qui les absorbaient tout entières. L'une d'elles avait un gros bandage autour du poignet, et ça faisait bizarre de voir cette main blessée tenir le journal. L'assistante sociale – elle s'appelait Marina, une fille assez sèche, assez énervée, qui portait un jean, une queue-de-cheval, un débardeur noir – lui a dit que si Jo n'avait que dix ans, ce n'était pas forcément la bonne idée. « Et c'est vrai, est-ce qu'on voulait ça pour Jo ? Est-ce qu'il n'y avait pas d'autre solution ? Là-bas c'était un jardin, tu vois, pour les cas désespérés. Des filles de huit à dix-sept ans qui étaient comme des ombres, je les voyais passer, elles revenaient de l'enfer. »

Mais Marina a changé d'attitude, et elle a écouté Manu attentivement. Elle a été assez sympa, et lui a proposé de venir s'asseoir avec elle dans la petite cuisine où les filles qui étaient hébergées venaient de temps en temps chercher des biscuits ou des fruits, des sodas qui étaient à disposition. C'était plutôt joli, soigné, Manu commençait à trouver que ça pouvait être un bon endroit pour mettre à l'abri les enfants quand il le fallait. « Mais la fille en fait, elle voulait rien entendre. Sans Dom, ça lui paraissait louche cette histoire. Et elle disait qu'on ne pouvait rien faire, elle répétait qu'ils étaient débordés, qu'il n'y avait plus de moyens, plus assez de personnel, seulement des vacataires, à part elle. »

Elles ont mangé, elles aussi, des biscuits, et la fille lui a fait un café comme pour montrer qu'elle était de bonne volonté. Tout en préparant deux tasses avec de l'eau chaude et du café instantané, et sur le ton qu'elle aurait pris pour proposer une sortie au cinéma ou demander si elle voulait du sucre, Marina a interrogé Manu pour savoir si elle avait envisagé de proposer à Joséphine de porter plainte contre son beau-père pour agression sexuelle. « C'est la seule solution franchement, si tu veux nous la confier. » Manu est restée sans répondre et Marina a haussé les épaules et pris un air expert, en répétant que c'était la seule solution vraiment fiable si la petite était en danger mais « en danger imminent, parce que s'il y a danger tout court c'est pas suffisant pour intervenir. S'il y a danger tout de suite, là c'est pas pareil… » À ce moment elle s'est remise à se plaindre des moyens du foyer : ils pouvaient plus traiter que les cas d'urgence, et encore : « Y a que des vacataires ici, alors moi j'ai laissé tomber. Il y a même des gamines prioritaires qu'on peut pas prendre, parce qu'elles refusent de parler. Même en danger elles disent rien, j'en ai une elle est rentrée chez elle l'autre jour et son beau-père, à peine elle est rentrée, il lui a fait trente-deux points de suture… Elle m'a appelée de l'hôpital mais on peut rien car la mère lui a dit : "Tu dis rien aux flics." Trente-deux points. Et l'autre jour c'était canicule, j'étais sur le foyer, quarante degrés il faisait… » Des filles allaient et venaient dans la cuisine pour se chercher à boire, Marina ne faisait pas attention. L'une d'elles, parfumée, maquillée, impeccable, a attendu silencieusement près de l'évier, et au bout d'un moment Marina a fouillé dans sa poche et lui a tendu un billet de cent francs en disant « Vingt-deux heures, t'as compris ? », et la fille a mis l'argent dans son sac à main, toujours sans un mot, et elle est sortie. « Elle vient s'asseoir à côté de moi la gamine, sur les escaliers, elle était enveloppée dans une serviette de bain et pendant ce temps-là ça monte dans ma tête, je lui dis enlève la serviette, elle me dit “non”, je lui dis allez, enlève-la : elle s’était taillé les veines tu vois, elle se scarifiait, ensuite elle s’était lavée pour rincer tout ça tu parles, ça saignait, ça saignait encore partout, je lui ai dit enlève ça, j’ai dit j’appelle les pompiers, elle me dit “Non Marina, c’est toi qui vas me soigner comme d’habitude c’est tout. Je veux pas d’ennuis avec ma mère, elle va me tuer si tu lui dis”. Pourtant elle, elle a eu la protection de l’enfance tu vois, elle est passée par les filets de l’ASE, mais le mec qui s’en occupe ici, il la surveille pas bien parce que la moitié du temps il est pas là, il est en formation. Et les autres gamines… Quand une mère elle fait bouffer les mains de sa fille par son chien, il faut des adultes ! Il faut des permanents ! Et moi j’ai pas de vision ni humaniste ni humanitaire, mais il y a pas d’autre solution que de mettre des adultes, à temps plein… Et encore, tu te demandes s’ils ont pu voir ce qui se passait au foyer à Prado, où ils ont même plus de place. C’est pour ça, pour ta petite, si tu veux être sûre qu’elle obtienne une place, elle doit dire que son beau-père l’a violée, c’est le plus simple, comme ça pendant l’enquête la gamine au moins elle est placée… »

Marina a resservi du café, puis elle s’est mise à envisager les inconvénients de cette solution : « Bon au bout de deux ans elle revient chez elle et là elle est vraiment en danger, parce qu’elle a mis tout le monde dans la merde. Mais dans l’intervalle, c’est la meilleure solution. Parce que l’UMJ – c’est l’unité médico-judiciaire – quand y a une suspicion de ça, si l’UMJ dit “Y a pas de preuve”, alors y a une enquête et direct on la place parce qu’on dit “On peut pas la laisser comme ça”, mais si elle revient chez elle après là y a danger, comme un danger renversé en fait. » Pour conclure, Marina a donné à Manu quelques conseils plus raisonnables concernant Jo. Il fallait qu'elle attende d'avoir seize ans : « Le mieux c'est qu'elle se barre, à seize ans tu es adulte. Moi je me plains pas mais à seize ans, bah, tu travailles, moi c'est ce que j'ai fait. Je me plains pas ni rien, mais je leur dis aux filles, sois courageuse, sois émancipée, moi je suis désolée, je suis partie de chez mes parents à seize ans, j'ai pas pleuré, je pleure pas, ah si j'ai pleuré pour avoir un appartement, à la mairie je sais qu'ils m'ont trouvé une solution. Après je me suis débrouillée, c'est ça. Mais je suis saturée de la mission qu'on me demande parce que là dans ces conditions, y a pas les moyens pour travailler. »

Après ça, Manu nous a rejoints. Elle n'a pas osé nous parler de ce qu'elle avait vu au foyer : elle avait peur de se faire engueuler par Dom, et elle n'était pas sûre que c'était la bonne solution.

En début d'après-midi elle nous a rejoints, et on a fait rentrer les enfants pour travailler. Dom était de retour, il n'avait plus de chantier, il était disponible, volontaire. Avec les enfants, on a continué à préparer le spectacle.

* * *

Je ne trouve toujours pas quoi répondre au message de Dom. Je trouve seulement la force de me relever, et d'aller jusqu'à l'ordinateur pour vérifier ce que Manu m'a dit. Oh, je n'y vais pas en ligne droite… Je traîne d'abord dans l'appartement. Je sors le linge humide du tambour de la machine, je vais l'étendre dans la salle de bains, je me démaquille, je me rassois sur le canapé en lisant quelques articles dans les journaux que Sofien a laissés traîner au salon. Mais tous ces gestes je les accomplis comme en attendant, avec la certitude qu'il est bientôt l'heure d'aller voir. Je fume encore une cigarette dans la cuisine, en pensant à Farid Lashai un mardi d'août, l'arcade sourcilière aussi soigneusement couturée que le ballon de foot qu'il a tenu à rapporter avec lui pour montrer qu'il ne s'arrêterait pas à ça, que même avec sa blessure encore saignante, avec les petites croûtes noires de sang séché autour des fils et son hématome sur l'arcade, il recrache son humiliation, et reprend la partie.

C'est ce qu'atteste effectivement son profil sur Facebook. J'allume l'écran et le retrouve facilement, avec les photos de vacances que Dom m'avait montrées. Farid Lashai continue, et sa cicatrice n'est plus visible que pour un œil très averti, ou témoin comme le mien de cet événement du passé. Je feuillette quelques photos qui me font encore diversion. Finalement, toujours sur Facebook je me décide à taper le nom que je cherchais : en toutes lettres, le prénom d'impératrice, puis le nom de famille d'adoption, celui que lui avait accordé son beau-père comme si c'était le cadeau ultime. Joséphine Voulant. Elle apparaît devant moi. Mais pas comme Farid, car elle n'a pas changé. Elle a en ce sens beaucoup moins disparu que lui, ou que moi, pendant tout ce temps.

Je clique pour agrandir. La photo choisie est belle. Ça ne peut pas être sa famille qui l'a prise, je ne vois pas qui parmi eux aurait fait cette photo. C'est un portrait fait dans la rue, on aperçoit un mur jaune un peu loin pour tout décor, il n'y a pas d'ombre portée, pas d'autre présence que celle de l'enfant, et du photographe. Je sais que c'est lui, Dominique, qui l'a faite : il n'était pas rare de le voir débarquer au théâtre avec un petit appareil qu'il utilisait pour travailler sur certaines étapes de la mise en scène, essayer puis comparer tel ou tel placement des acteurs. Et de temps en temps il allait dans la cour pour photographier les enfants. Donc, oui, une photo de lui, Dominique. Et elle, elle est comment, alors ? Une petite brune avec la peau pâle, les cheveux coiffés n'importe comment (ni les cheveux courts ou au carré qu'affectionnent les mères plus strictes, ni les cheveux longs qu'il faut peigner et natter, des mères plus coquettes, mais une masse épaisse de boucles ni longues ni courtes, qui défient la gravitation), les dents de devant un peu écartées, des fossettes dans les joues qui font deviner le début d'un sourire. Le cadre choisi par le photographe a quelque chose de délicat, de juste : suffisamment serré, il permet d'oublier les vêtements sales, et il se dit des mots, dans l'espace entre l'enfant et le photographe, qui semblent la conduire à une sorte de bonne humeur qui n'est pas forcée, un bonheur grave qui est exactement celui qu'elle est prête à exprimer à ce moment-là, ni plus, ni moins. Mais ce qui me trouble le plus dans cette image, ce n'est pas seulement de constater l'humeur clair-obscure de Joséphine. C'est aussi de me rendre compte que c'est la première fois que j'ai l'impression de pouvoir la regarder. Que pour la première fois quelqu'un semble avoir réussi à l'attraper, à la faire tenir tranquille pour pouvoir la regarder dans les yeux, et qu'elle regarde en retour. De tout le temps que j'ai passé avec elle, il me revient alors que je n'ai jamais su l'immobiliser près de moi plus de quelques secondes, jamais pu contempler son visage lorsqu'elle me parlait. Elle était toujours, sans le dire, en train de se sauver. Ou bien elle portait son casque affreux, ou les grimages nécessaires à son rôle de Caliban. Il a fallu l'aisance et l'habileté de Dom, au moment de la photo, puis ses remords je pense, qui l'ont conduit à la publier sur Facebook, pour que je prenne conscience de son apparence.

Je zoome un peu sur le portrait, puis je fais défiler d'autres images : quelques sorties où on la voit dans le groupe – toute une petite archive de notre été là-bas –, une partie de pétanque avec tous les enfants dans la cour du théâtre, la mer aux Goudes… Et un autre portrait où on la voit de loin dans son costume de Caliban – sur scène, avec Mario Kotchar, je me souviens de ce décor qu'on avait appelé « la Mare », l'endroit où les comploteurs enfermés par Ariel restent à s'insulter, à imaginer des stratégies d'évasion sans les mettre à exécution, et à regretter les bouteilles de vin qu'ils ont perdues ou terminé de boire. Je déteste la voir dans ce costume et la rage me prend devant la folie de Dom, l'hypocrisie qui a pu le conduire à rendre hommage à la petite fille. Il a rempli les informations sur son identité : naissance le 10 septembre 1990 à Marseille, résidence à Marseille et à Cassis. École élémentaire Vincent-Leblanc, Marseille, deuxième arrondissement. Il a laissé des gens devenir ici, virtuellement, ses amis : des anciens élèves du théâtre qui sont encore en contact avec lui, et même des gens de sa famille, à elle.

Par contre, il s'est refusé à indiquer la deuxième date, celle à laquelle le petit corps s'arrête de grandir, de gêner la vie de ses parents, de leur faire faire des trajets inutiles. La date où elle arrête d'embêter tout le monde. Elle n'est pas écrite là. Mais moi je la connais. Est-ce qu'on peut faire quelque chose pour que quelqu'un y pense, est-ce que je peux signaler ce qui se passe auprès d'un service ? Je ne sais pas ce qu'ils ont prévu au juste, sur Facebook, pour dire que quelqu'un est mort. Il doit bien y avoir un webmaster, quelqu'un… Je suppose que c'est comme pour tout : il doit y avoir des icônes et des applications. Il suffirait juste de savoir s'en servir.

Cinquième semaine

« Je vous raconterai tout ça plus tard »

Le jour venu, les enfants se démultiplient pour préparer le spectacle. Sur la scène, certains sont avec Dom pour arranger le décor : des litres de sable de chantier ont été déversés sur les planches et ils disposent dessus des branches de pin et des coquillages. D'autres sont en cuisine avec Glenda, d'autres dans la cour pour dresser le buffet où seront posés les gâteaux, salades, cubis de rouge, les bouteilles de Schweppes et d'Orangina qui nous attendent après. Ils décorent la table avec une nappe en papier, des ballons qu'ils accrochent aussi sur les grilles d'enceinte et dans les arbres. Pour l'instant ils portent leurs habits normaux, des shorts et des baskets, et ne se parlent pas encore avec des mots écrits d'avance dans les vieux carnets d'un barde à boucle d'oreille. Une guirlande électrique est fixée au-dessus de l'entrée, il y a des enfants sur des échelles, des enfants dans les platanes. Le 23 août 2000, on dirait que l'enfer est vide et que tous les démons sont ici, dans la cour du Théâtre d'Été.

Manu passe d'un groupe à l'autre, elle porte une longue robe noire à dos nu qui doit venir d'une enseigne de grande distribution espagnole mais dans laquelle elle est belle comme dans une robe de cinéma. Dom lui attrape la taille ou lui embrasse la nuque quand ils restent à superviser les enfants, à un moment il dénoue et rattache un peu plus haut sur son cou les fines bretelles en nylon. Moi j'essaye de me concentrer sur ce que j'ai à faire, dans le hall, avec Marcel et Farid qui sont chargés de hisser l'affiche du spectacle qu'ils ont peinte sur un drap en trois mètres sur trois : elle représente une plage où sont assis deux petits êtres dépareillés, l'un gracile, des plumes poussant à l'arrière de ses bras nus, l'autre avec un corps qui semble taillé dans un tronc d'arbre, et une tête un peu trop lourde, disproportionnée. Ils sont assis sur la plage, épaule contre épaule, et regardent tranquillement l'horizon, où des nuages déchiquetés et des vagues monstrueuses sont en train de dévorer un malheureux navire.

On a hissé ce dessin avec des cordes dans le hall, il est tendu comme une voile au-dessus des têtes des visiteurs. À partir de dix-huit heures, les parents commencent à arriver, à pied ou en voiture. Il n'y a bientôt plus une seule place pour se garer dans la ruelle qui longe le théâtre, et ils sont reçus par des navigateurs en body et en toque à plumes qu'ils ne savent pas où embrasser à cause de leur maquillage. Ils leur achètent des contremarques pour l'entrée, à prix libre, et les pièces tombent et tintent dans la caissette à monnaie gérée par Morgane Toyen. Les plus impatients essayent de passer la tête par la porte de la grande salle et se font rabrouer, les autres se servent un verre de jus d'orange et retournent bavarder dans la cour. À dix-huit heures trente Dom, en jean et en casquette, arrivera dans le hall pour leur dire à tous de venir prendre place dans les gradins.

Les gens qui font que tout cela fonctionne aujourd'hui, en plus de Glenda, de Manu, Dom, moi, ce sont des copains de Dom qui viennent aider traditionnellement chaque année pour la fin des répétitions et le jour du spectacle. Il y a Lucas, à la régie lumière : c'est un copain de La Ciotat qui travaille en général avec Dom sur les chantiers, dès qu'il faut des machines, il loue les véhicules de transport, les bétonneuses, les chenilles, les grues. Au son il y a Alban qui l'aide d'autres fois pour l'administration, la comptabilité – c'est un garçon avec qui il a fait ses études, un noctambule à qui on confie les platines dans toutes les soirées. Je me souviens de la musique qu'Alban a composée pour notre tempête : quelque chose qui mélange l'électro et les sonorités instrumentales, une musique à la fois claire et insaisissable qui évoque le rythme des vagues mais s'efface à tout moment comme si on l'entendait à travers une forêt, portée et cachée par le vent, ou bien comme un filet qui flotte et se déploie sur la mer.

Ce rendez-vous théâtral, en été, fait partie de leurs loisirs quand ils ne sont pas sur des chantiers de villas du côté de Cassis ou de La Ciotat, et ils viennent de plus en plus souvent ces jours-ci pour les réglages du spectacle. De temps en temps j'aperçois des enfants qui montent les voir sur la dernière marche des gradins. Ils leur échangent des bières contre le droit de manipuler avec eux les claviers électroniques, ou de les accompagner pour ajuster l'orientation et l'intensité des lampes qu'ils doivent toucher avec des gants, et sur lesquelles ils peuvent coller des bandes de gaffer aux endroits qu'on leur indique.

* * *

Il y a quelques jours, à l'hôpital, Dom m'a montré sur son écran de téléphone portable des photos des villas et des piscines qu'il avait construites avec Lucas et Alban ces dix dernières années. Dom avait les yeux noirs de cernes, la voix enrouée par le respirateur, et je n'ai pas compris au début pourquoi il insistait pour m'ouvrir son catalogue de jardins aménagés sur la côte, tous plus ou moins semblables avec leurs lauriers blancs ou leurs lauriers roses. Malgré son état, il m'a fait l'article de ses piscines, « c'est l'œil grec dans votre jardin, un véritable porte-bonheur », reflet du ciel bleu et doigt d'honneur à l'écologie. On pouvait y défaire ses soucis après la journée de travail, à l'heure de l'apéritif plonger dans l'onde picorée d'abeilles saoules de chlore. Dom a fait défiler sous mes yeux les photos de ses différentes réalisations dans des gammes et des formats variés, allant du simple moulage en paille de fer pour les clients les moins fortunés, jusqu'aux modèles en mosaïque sur mesure, beaucoup plus élégants, qu'il avait installés ces dernières années. Il m'a parlé de son métier avec un enthousiasme qui cachait mal son désir de se faire comprendre ou apprécier. J'ai donné des signes d'impatience, j'aurais préféré qu'il ne s'en rende pas compte, mais il a posé sur mon bras sa main trop maigre et m'a dit : « On n'a pas pu continuer le théâtre parce qu'on nous a retiré la subvention », et j'ai répondu « Je sais » d'un air agacé parce que je ne supportais pas qu'il essaye de se justifier. Parce que cela m'avait paru une bonne chose, sur le moment, je ne voyais pas comment sa situation aurait pu être défendable et en quoi le Théâtre d'Été aurait mérité d'être sauvé. Nous le savions tous, que le budget avait été coupé dès l'année suivante et que plus jamais il n'accueillerait d'autres enfants, c'est pourquoi j'ai cru qu'il délirait, il était là sur son lit médicalisé à ajouter qu'il « dépendait entièrement du financement de la mairie, à l'époque », et comme il gardait ses doigts noués sur mon bras, il m'est apparu que tout cela devait être important pour lui, que c'était une façon de demander pardon pour ce qu'il avait fait, ou bien, et cette idée m'a jetée dans un profond désarroi, pardon pour tout ce qu'il n'avait pas fait, pour ce à quoi il avait renoncé. Et cette partie-là, ce qu'il demandait à payer pour ce qu'il n'avait plus réussi à faire, c'était une reconnaissance de dette que seuls les fous envisagent, des adolescents attardés qui achètent leur crédit directement au diable dans ses enfers. Sa fièvre n'avait pas baissé depuis une semaine, il était affamé suite à une infection de la sonde gastrique, et il continuait à retracer sous la forme d'un carnet de commandes les lignes de sa vie telle qu'elle avait été, c'est-à-dire telle qu'elle n'avait plus jamais été, après ce dernier spectacle. L'idée étant que ça aurait pu être pire, que ça ne devait pas être un boulot désagréable, celui qu'on peut faire avec des amis, et un boulot pas trop difficile si ton entreprise sait s'arranger avec les collectivités locales et ne galère pas pour trouver des contrats. Il continuait en serrant mon poignet : « dans une région où le chômage touche un gros tiers des jeunes », et « quand ta famille ou tes proches te donnent ça », « c'était à considérer sérieusement ». De plus, cela il ne le disait pas, mais je le savais, le vrai boulot de manutention, les forages sur des machines qui te vrillent les articulations et les tympans, couler les dalles de béton, transporter les sacs de ciment, les trucs qui vous brisent le dos et les mains ce n'était pas pour eux, pour ça on pouvait continuer facilement à embaucher des Arabes, ou des pauvres en tout genre, et si on n'avait pas assez de pauvres sur place on pouvait les trouver en Europe de l'Est et leur faire des contrats temporaires. Il restait le souci des charges à payer, l'administratif, et à se débrouiller pour être informé bien à temps quand il se construisait un nouveau lotissement. Mais c'était une vie vraiment cool, et même assez aisée, si tu jouais le jeu à fond et que tu construisais en quantité. Et Dieu sait qu'il en avait construit, des villas, des solariums et des terrasses, et des salles de gym, des vérandas, et surtout des piscines, des dizaines et des dizaines de piscines bleu pognon.

* * *

Moi, je suis en coulisses. Mon rôle est de peindre les visages des enfants et je me suis installée devant une table en Formica où sont disposées plusieurs palettes en plastique pleines de peintures à la glycérine, et d'éponges découpées de tous les formats. Il y a une chaise devant moi, où se succèdent mes comédiens en plissant leurs paupières de soie, en tendant leurs visages frais et leurs bouches closes sous le pinceau qui chatouille. Romane pose les mains sur ses genoux, elle porte plusieurs bagues ornées de coquillages et un vernis couleur corail. Elle parle doucement pendant que je la maquille, remuant à peine les lèvres pour pouvoir continuer sa conversation avec sa suivante Leslee, qui a déjà été apprêtée. Je finis avec Romane. Je lui tends un miroir, elle libère une mèche hors de son chignon pour faire plus naturel. « Reviens là… » J'attrape un pinceau fin sur la table, « Bouge pas, attends… » Au-dessus de ses lèvres fuchsia, à la rencontre de la joue, je dépose une mouche, qui vole, à présent, dans son sourire. « Ça te va, tu es contente ? » Pour toute réponse elle se lève, regarde à nouveau dans le miroir que lui tend Leslee et enfin : « Très ! » Elles disparaissent en courant vers le hall.

La cliente suivante, je la vois depuis tout à l'heure à l'autre bout du couloir, qui attend que je lui dise d'approcher : Jo s'installe sans parler sur la chaise devant moi. Elle est comme d'habitude solitaire et timide mais je sens aussi une sorte de hâte joyeuse, que je prends au début pour l'excitation du spectacle. Elle pose son casque sur ses genoux. « Ce sera quoi pour vous aujourd'hui ? » Elle me regarde, elle répond : « Ce que vous voudrez ! – Alors allons-y. » Mais je n'ose pas commencer. D'abord parce qu'il reste sur son visage les bleus et les éraflures de sa bagarre avec Farid. Je reste, le pinceau levé, à regarder vers le couloir, espérant que quelqu'un arrive et me demande n'importe quoi qui me permettrait de suspendre ma tâche. On a eu la conversation à nouveau avec Dom : j'ai dit qu'il fallait prévenir le service de l'aide à l'enfance. C'est Ahmed qui est venu la chercher toute la semaine dernière et la petite fille s'est apaisée, jour après jour elle a semblé plus calme et plus joyeuse, plus impliquée dans les répétitions, et Dom a dit : « Tu vois, tout va bien en fait, c'est une enfant un peu nerveuse mais elle va bien, et toi tu vas seulement lui causer des ennuis avec tes histoires de services sociaux. » D'accord. Mais depuis deux jours, elle est retournée chez sa mère. Et maintenant elle est devant moi, et me regarde en attendant que je commence. Le body noir de Caliban a une encolure assez échancrée, et je lui demande : « Qu'est-ce que tu t'es fait, là ? – Où ça ? » Je n'ose pas toucher pour lui montrer. Rien que de regarder, ça me fait mal. Et de toute façon, elle sait exactement de quoi je veux parler. « Sur l'épaule. » Mais l'épaule, c'est vague, c'est seulement la partie émergée de la plaie, des sillons rouges

et écorchés qui semblent commencer plus bas dans son dos. Elle tourne la tête et tire sur l'encolure pour mieux voir, ça la fait loucher : « Oh ! Là ? » Elle me regarde dans les yeux, et ne dit rien. J'insiste : « Comment tu t'es fait ça ? » Elle me répond : « C'est pas grave. » Et le fait qu'elle me mente. Le fait qu'elle m'empêche de l'aider, qu'elle nous empêche tous de pouvoir témoigner clairement de ce qui est en train de se passer et le fait aussi qu'elle essaye de sourire, de prendre un air désinvolte, tout cela fait monter en moi une colère insensée. Je regarde autour de nous pour voir si d'autres personnes pourraient venir à mon secours, attester que je vois bien ce que je vois et que je ne suis pas folle, mais Jo est passée la dernière pour le maquillage et ils sont tous ailleurs à s'activer pour une ultime répétition des scènes, des échauffements, des étirements… On commence dans dix minutes. Jo semble réfugiée très loin de moi, dans une pensée joyeuse que je ne parviens pas à déchiffrer. Je tente de lutter contre le déni, contre la désinvolture de la fillette et contre son demi-sourire : « On t'a mis du désinfectant là-dessus ?
– Je suis tombée dans l'escalier, et Maman m'a guérie. » Il serait vraiment temps de la maquiller mais je n'ose pas mettre la main sur son épaule, comme aux autres enfants, pour l'immobiliser. J'ai l'impression qu'elle sera trop fragile pour porter son déguisement, que même la couleur qu'on a prévue pour son visage va agresser sa peau. Je n'ose pas la toucher du tout parce que je sais que, même si ça lui faisait vraiment quelque chose, si je touchais par mégarde un hématome, Jo réagirait à peine, qu'elle continuerait à se tenir là sans bouger, à être contente. Elle pense à autre chose : elle a fermé ses yeux, posé les mains sur ses genoux comme elle a vu faire ses camarades, elle doit voir tout autre chose

que ce couloir, elle ne semble même pas être là derrière ses paupières et pourtant, elle attend.

« Tu commences pas ? » Si... Je vais m'y mettre, d'accord, d'accord. Je regarde ma montre : il reste cinq minutes, et on ne peut pas jouer sans elle. En essayant de passer le moins possible sur les traces de sa lutte avec Farid, je peins donc ce que l'on a prévu pour le visage de Caliban. Les joues : du brun et du vert, pour en faire une espèce d'arbre vivant. Les lèvres : en blanc. Le plus spectaculaire, ce sont les sourcils : je les épaissis en hauteur, en largeur, d'un trait charbonneux, puis je colle le long de chacun une épaisse plume grise, deux plumes de pigeon que j'ai ramassées et désinfectées la semaine dernière avec un spray d'alcool à quatre-vingt-dix degrés. La colle pour le visage est une colle assez forte, qui sent elle aussi les produits détergents, et sur laquelle il faut presser les plumes une bonne minute pour que ça tienne : je guide les doigts de Jo au milieu de chacune et je lui dis de ne pas bouger et de garder tout ça bien en place. Elle se laisse faire. Puis, tenant toujours ses mains sur ses sourcils, elle me dit : « Tu sais, c'est Papa qui vient voir le spectacle. Je l'ai téléphoné hier, et il m'a dit qu'il viendrait, et qu'après on rentrerait chez lui. – Tu en es sûre ? » Voilà donc l'explication à son calme, à sa joie. Je n'ai pas encore vu arriver Ahmed, mais je me garde bien de le lui dire et je pense soudain, ça doit être ça, ils se sont arrangés, et Jo ajoute « Il vient avec Mamie », détail qui me semble réaliste. Elle ajoute : « Il paraît qu'on ne verra pas bien les parents, parce qu'ils seront dans le noir. » Je la tiens par le menton, pour tourner sa tête à droite, à gauche, et que mon pinceau glisse bien sur l'arrondi des joues. Puis je passe le bout de mes doigts sur la couleur pour l'uniformiser, ajouter des paillettes bleues dans cette glaise. J'ai presque fini. Je l'aide à enfiler le costume d'écorces par-dessus le body noir. Il reste la coiffure, ce sera vite fait pour Caliban, je lui dis de pencher la tête vers le bas pour pouvoir ébouriffer ses cheveux et je les asperge de laque. Elle relève la tête, un soleil noir s'éparpille autour de son visage. Je lui dis : « Te voilà toute belle. » Je lui tends le miroir et elle a l'air très satisfaite du résultat. Elle s'éloigne et tout en ajustant son casque avec sa petite sangle en nylon, tout en se dirigeant vers la scène : « Mon père m'a dit qu'il prendrait des photos », me répond-elle.

Je suis sortie sur le perron pour vérifier qu'il n'y avait pas de retardataire, et pour fermer la grille. Il faisait encore chaud, et il fallait espérer que cela serait respirable dans la salle pendant la représentation, avec les projecteurs allumés et les portes closes… On n'avait pas arrêté depuis huit heures du matin et je savourais ces minutes de silence devant la cour disposée pour la fête. Peut-être qu'un des habituels corbeaux freux était en train de sautiller sur la table du banquet, entre les baudruches fluorescentes. J'ai dû le regarder un instant, ou bien lever les yeux vers ces lambeaux de nuages qui se rassemblent à la fin du jour, qui s'étirent jusqu'à se déchirer, en évoquant des formes que l'on croit avoir vues dans une autre vie, qu'on ne sait pas nommer. Je suis restée adossée contre le mur du théâtre, je portais la robe en lin rouge que j'aimais bien et j'étais luisante de transpiration, les mains encore pleines de maquillage multicolore qui s'incrustait jusque sous mes ongles. À l'intérieur, l'histoire allait commencer mais ici, mes pensées n'avaient aucun contour, elles flottaient comme des ombres entre les platanes, ou comme de fines colonnes de poussière dans cet espace vide et doré, à l'intérieur de la grille d'enceinte.

Plus personne n'arriverait à cette heure-là. Tous les parents et amis qui l'avaient bien voulu étaient assis dans notre amphithéâtre. J'ai traversé la cour pour fermer la grille, et tiré le gros verrou de métal.

En revenant dans le hall vide du théâtre, je le remarquai. Il était assis dans le coin où l'on rangeait l'aspirateur et les fils électriques et avait gardé son chapeau en feutre avec le plumet rouge. C'était notre élève le plus insolent, notre comédien le plus bravache – et maintenant, il pleurait. « Ça va pas, Mario ? » Je ne voyais pas comment l'aborder avec plus d'élégance... Il était l'heure. On ne pouvait pas commencer sans lui et j'ai dû dire des choses dans ce goût-là : « Qu'est-ce qui t'arrive ? », « Tu n'es pas avec les autres ? », « Pourquoi tu pleures ? » J'essayai plusieurs questions, de toute façon rien n'y faisait, il ne répondait pas... Il me tournait le dos, ses épaules tremblaient. Il lança un bras en arrière pour me chasser, et comme j'approchais malgré tout il laissa glisser sous son épaule un coin de visage luisant de paraffine multicolore et de morve. J'attrapai un peu de Sopalin sur la petite table de l'entrée où l'on avait servi des boissons aux arrivants, et m'approchai précautionneusement. Le noir dont j'avais souligné son œil auparavant avait coulé sur sa joue, qu'il essuya violemment avec la dentelle de sa manche. « Viens, on va commencer... » Il continuait à pleurer, sans une parole, et à hoqueter en s'essuyant le nez dans son pourpoint de velours : « Laisse-moi ! Tu fais que semblant ! Tu veux même pas m'aider de toute façon. » J'avançai sous le feu des reproches, de plus en plus craintive. « De toute façon, tu veux jamais t'occuper de moi. » Je sentais que cela n'allait pas être simple, et comme chaque minute comptait, je tirai une chaise près de lui, et sur son épaule tremblante j'essayai de poser une main qu'il chassa immédiatement, « Va-t'en ! » Je demandai pourquoi, « on dit une raison », je demandai ce que je pouvais faire pour lui et pourquoi diable il me parlait de cette façon-là. Je me levai pour rapporter d'autres nourritures antichagrin, me rassis près de lui en lui tendant un paquet de Choco BN, un verre d'Orangina, « Tiens, Mario, si tu veux, ça te fera du bien… – Va-t'en ! Tu fais ça que parce que tu veux pas être en retard, mais de toute façon tu t'en fous ! Tout le monde ici, vous arrêtez pas de me crier comme quoi je suis méchant ! Tu vois ! Moi je viens pas ! » Consternée, je le quittai pour aller chercher du renfort dans les coulisses et il se mit à crier : « Tu vois ! Tu m'attends même pas ! Tu veux jamais me parler ! » Son visage était rouge, il serrait une main sur son épée en plastique, et levait son autre poing devant lui, près de son visage. « Tu veux jamais t'occuper de moi ! » Sa voix chauffée à blanc me tranchait les nerfs, j'essayai de nouveau de lui tendre une serviette en papier pour qu'il puisse s'essuyer le nez. Il la prit et la jeta par terre. « Va-t'en ! Casse-toi, vieille pute ! Tu vois : tu t'en vas ! T'es qu'une vieille pute ! » Le mot résonna dans le hall, entre les murs où, quelques minutes avant, nous avions accueilli les spectateurs, où les enfants faisaient des apparitions en costume pour attraper des bises de parents et d'amis venus les applaudir. Je me rappelai alors, Dom l'avait remarqué, que les parents de Mario étaient absents. Ils avaient promis, et ils n'étaient pas venus, ni son grand frère que Dom avait contacté la veille par téléphone, qui était dans le business de la surveillance de villas, qui travaillait de nuit, et qui était fatigué, ni sa grande sœur qui l'avait inscrit chez nous au début de l'été peut-être parce que c'était complet en foot ou en natation, qu'elle s'y était prise trop tard, et que nous n'avions pas vue depuis. Mario sembla se calmer, pendant quelques secondes, il fit un pas vers moi, essuya une fois de plus son maquillage avec sa manche, son regard erra sur le hall vide, puis voyant la chaise que j'avais tirée tout à l'heure près de lui, il s'en empara, et la brandit au-dessus de sa tête en hurlant à nouveau « Pute ! Sale pute ! ».

Je le laisse dans le hall où j'entends le fracas de la chaise qu'il a lancée par terre. Je vais prévenir Dom qui vient le chercher en catastrophe, et quelques instants plus tard, je le retrouve accroupi près de lui dans les coulisses. Je l'ai repeigné, Mario, je l'ai remaquillé, et sa grande épée en PVC bat sa cuisse, accrochée en travers de sa poitrine avec un lien de faux cuir. Avant qu'il n'entre en scène pour sa plus grande tirade, je le verrai à nouveau prendre de l'énergie auprès de son consolateur : Dom lui parle à l'oreille, puis se lève, lui tend une main ouverte et Mario tope là et se dirige vers le rideau et la scène. Ses parents ne sont pas dans la salle, malgré des promesses hâtives qu'il a dû surinterpréter et à présent de toute façon il ne voit rien ni personne du côté des gradins, seulement la fausse plage qui apparaît dans la lumière électrique. « Je ne sais pas combien de temps je suis resté coincé dans ce marigot ! » dit-il en s'avançant de sa démarche zigzagante d'alcoolique, en se frottant les jambes pour en chasser les courbatures. « Est-ce que vous avez vu ma bouteille ? » Le rayon aigu du projecteur assèche les dernières larmes dans ses yeux, il marmonne et jure, et renouvelle sa demande auprès du public tapi dans le noir : « Vous auriez pas vu ma bouteille ? »

Au milieu de la scène il y a une trappe, et cette trappe joue le rôle d'écoutille du bateau. Le couvercle de planches se soulève et quelqu'un d'autre apparaît : le chapeau d'abord, un nid extravagant en feutre et en fil de fer surmonté d'une mouette, pendant quelques secondes c'est la seule chose qui bouge à la surface des planches, dans l'unique rayon de lumière que projette la régie. Puis c'est la tête, éblouie, puis le garçon tout entier qui émerge et tapote ses vêtements, à savoir Bastien Terreno, dans son rôle de maître d'équipage.

Le maître d'équipage ne pensait pas que le bateau était bien au sec, gréé et intact, et nous, on ne pensait pas qu'on y arriverait avec Bastien. Juste avant que le spectacle ne commence, on en était encore à se demander s'il allait réussir à ne pas trop bégayer. Pendant les derniers filages, son élocution était tout embrouillée. On était aussi très inquiets pour son taux d'insuline qu'on a voulu régler avec une précision d'horlogers, et je lui ai fait sa piqûre pas trop tôt, pas trop tard, pour qu'il ne soit ni surexcité ni apathique au moment du spectacle.

À présent qu'on arrive à l'acte V – car c'est bien là qu'ils sont arrivés, ces petits cœurs, aussi vite qu'un feu follet, ou que sur les ailes invisibles d'une musique –, on ne peut rien faire d'autre, cachés dans le revers du rideau, que regarder Bastien sortir de sa trappe, en attendant qu'il fasse sa scène. « On était pourtant morts » – et nous, immobiles derrières les grands plis noirs, on l'a observé qui faisait quelques pas mal assurés, ses bottes semblaient déborder d'eau de mer, impossibles à soulever, semelles en caoutchouc ventousées au sol, puis il a ouvert la bouche et l'a refermée, il a eu l'air de disparaître dans le silence. On a entendu des spectateurs qui toussaient, un portable a commencé à sonner, son propriétaire à se faire insulter, il y a eu beaucoup d'agitation pour retrouver le téléphone et pour l'éteindre. Bastien s'est tourné vers nous, légèrement, les yeux écarquillés, on a cru qu'il allait tomber. Puis, à nouveau : « On était pour-pourtant morts. » Et il a joué tout le reste de la scène.

« Je ne suis pas certain d'être bien réveillé, mais je vais essayer de vous raconter ce qui s'est pa-pas, ce qui s'est passé. On était tous endormis dans les cales – je sais pas co-comment on était arrivés là… Puis on a entendu un bruit, un bruit-bruit énorme, on est sortis ! On a vu que notre beau-ba, que notre beau bateau était en bon état. Et après, on s'est retrouvés ici dans cette fo-fo, dans cette forêt. » Bastien Terreno raconte, en bégayant un peu moins qu'au début, le miracle de sa survie. Au réveil, lui et ses hommes se sont souvenus du naufrage, de l'embarcation disloquée dans des vagues hautes comme des murailles.

Il avance vers la rampe, se penche et observe l'onde absente. Relevant la tête et s'adressant à la pénombre des gradins : « On était morts », dit-il pour un public qui n'est là que ce soir, des parents, des amis, rassemblés sous ses yeux pour cette unique représentation. Bastien tend le bras sur le côté, encore lourd de la nage, ou du sommeil, il ne sait pas, et déclare : « On était noyés. » Il regarde devant lui sans les voir les dizaines de visages que lui barre le contre-jour factice des rayons des Fresnel : « Je me suis accroché à un morceau du mât, j'étais seul. Je ne savais plus où étaient mes camarades. La dernière chose que j'aie vue, c'est la voile du grand hunier qui ondulait, ondulait, elle se collait aux vagues et devenait lourde, elle s'enfonçait. »

Il regarde attentivement dans l'obscurité et revient vers le trou au milieu des planches : il cogne quelques coups, et une deuxième tête (Paul Velasco ? ou le petit Bilel ? Je ne sais plus son nom de famille… Gadi, je crois) en sort, puis une troisième (Tia Leclercq ou Ahmed Cherkaoui ? Tia, probablement : je suis sûre qu'il y avait au moins une fille dans cette partie de l'équipage et ce devait être Tia). Encore deux autres compagnons sortent de l'écoutille (je ne me souviens pas de leurs noms). Bientôt ils sont cinq miraculés errant sur la scène, bras dessus bras dessous.

Il faut donner du courage à chacun d'eux. Afin d'arriver jusque-là il leur en faut des provisions immenses : c'est pourquoi Dom, avec nous dans les coulisses, se met à genoux près de chaque gamin quand il a une grande scène. Pendant toute la pièce, ils sont tous à tournicoter et à se répéter à mi-voix des morceaux de texte qui volettent sous le faux plafond avant de pouvoir se déployer sur la scène. De temps en temps l'un de nous en attrape un et le fait réciter. On en profite pour ajuster leurs costumes. Dom replie les cols, tire les zips dans les dos des pourpoints, remet à plat les élastiques des hauts-de-chausses et s'assure que les épées bien calées sur les côtés ne vont pas entraver la marche. Il est confident, valet, page, c'est lui qui met la dernière touche, « Donne tes mains », et il souffle dans leurs paumes ouvertes, « Tourne-toi », puis il leur souffle dans le dos. « Allez, à toi » : jusqu'à ce que le moment arrive de se précipiter dans le rond de lumière et qu'il n'y ait plus aucune aide, aucune ficelle pour tenir droit, pour être clair et audible devant l'indétectable public. L'éclairage te brûle les yeux et il faut presque crier pour se faire entendre. Sur la scène, les autres acteurs présentent des visages étranges, vu de près leur maquillage est grossier et leur expression reflète l'effroi, ou une concentration qui les met hors d'atteinte. Il n'est pas possible de se dire des conseils ou de s'encourager discrètement. Où qu'on aille on est sous le feu des regards, et ces regards sont invisibles. Les enfants marchent le long de la scène sous le rayon électrique qui les arrache à l'obscurité et ils se racontent leur naufrage et leur mort : « J'étais accroché à un tonneau, j'ai senti le froid qui remplissait mon corps tout entier », « J'ai essayé de t'appeler mais le vent semblait ivre et hurlait, et tu ne m'entendais plus », « Je ne voyais plus personne, j'ai pensé une dernière fois à ma femme, à mes enfants, et je leur ai dit adieu ».

« Et maintenant, où sommes-nous ? » La trappe au milieu de la scène se referme soudain, quelqu'un tire en dessous un verrou métallique qui grince comme la porte d'une geôle et son couvercle disparaît dans un lit de sable et de branchages. Quelqu'un les a conduits ici dans la forêt. Quelqu'un ? Ou quelque chose, on ne sait, une sorte de musique les a guidés. Et on croit un instant qu'ici c'est nulle part, la nuit perpétuelle, la fin du monde, quand soudain apparaît une espèce de grande cabane à quelques mètres derrière la trappe, quelque chose de cousu et de rafistolé qui tient de la roulotte tzigane, du mobile-home et de la tente de Bédouin, avec quelques breloques de type mille-et-une-nuits (lanternes, djellabas en soie suspendues à des cintres, enseigne au néon débranchée) qui encadrent la porte zippée dans la façade en tissu. Devant ce palais, il y a un banc (un tronc d'arbre couché, en fait, qui fait office de banc). Les enfants ne bougent plus, on entend quelque chose qui serpente, en fait un câble électrique que quelqu'un tire à travers la broussaille, ils retiennent leur souffle et sursautent quand s'illuminent les lettres du nom « PROSPERO » au-dessus de la porte. Les cinq survivants restent à distance respectueuse en attendant de voir – c'est un cas de figure militaire classique, qui a cinquante pour cent de chances de mal se terminer – s'il vaut mieux demander l'hospitalité, ou bien prendre ses jambes à son cou.

J'imagine que, depuis l'obscurité des gradins, il y a des parents zélés qui filment. L'enregistrement ne doit pas être d'une qualité fantastique mais ce n'est pas grave… On utilise quoi à l'époque, pour faire des souvenirs ? Des VHS je suppose, ou d'autres petites cassettes électromagnétiques qu'on trouvera à la Fnac. Les décors, et les enfants, doivent avoir des contours un peu baveux sur le fond noir, mais en zoomant on doit reconnaître assez bien leurs visages, le détail de leurs costumes. Certains parents ont probablement tout filmé de bout en bout et il doit exister quelque part des cassettes sur lesquelles est aimantée cette scène de retrouvailles, qui est presque aussitôt une scène de départ et d'adieux. Prospero – parce que le personnage a beaucoup de texte, et parce qu'il a toujours fait ça depuis le début du Théâtre d'Été : prendre un rôle pour être avec les enfants sur la scène –, Prospero, c'est Dom. Il a enfin réuni tous les membres de l'équipage qu'il avait dispersés et malmenés aux quatre coins de l'île, et il tombe le masque devant l'homme qui l'avait trahi et exilé, l'usurpateur Antonio. Dom est resté en jean et en tee-shirt, il a noué un morceau de tissu taillé dans un des rideaux de scène pour faire une cape de magicien sur ses épaules, et il porte un chapeau de paille, calé vite fait à l'arrière de sa tête. Il a l'air si grand à côté de ses visiteurs… Dom a vingt-huit ans, à ce moment-là. Il a toujours été assez maigre, et l'éclairage artificiel accentue les creux de ses joues et les orbites de ses yeux, lui dessine ce visage taillé dans l'ombre qui est véritablement le sien aujourd'hui, quinze ans plus tard. Dom se met à genoux devant Farid-Gonzalo et Félice-Alonso, qui lui accordent leur pardon pour tout ce qu'il leur a fait subir dans l'île. Tout le monde va rentrer en Italie et ils vont lui rendre sa couronne, tout le monde va pouvoir marier les amoureux, Miranda et Ferdinand, le pardon est multiplié comme le pain dans la Bible. Il n'est plus question de faire sécession, de créer son propre royaume et de vivre selon de nouvelles règles, ces idées-là soudain personne n'en parle plus – Prospero a l'air plutôt bien disposé vis-à-vis de chacun, mais après ce qui s'est passé, aucun marin n'a envie de tester ses limites… Même les deux mutinés, Stephano et Trinculo, qu'on a retrouvés murgés comme des gorets dans la mare derrière la maison, avec des haleines de morts-vivants, essayent de se tenir bien. Ils reçoivent une tape sur l'épaule et le pardon général. Le vieux Gonzalo pleure à chaudes larmes, et ils sont tous devant la hutte à se tomber dans les bras et à se féliciter pour cette fin resplendissante.

Pourtant, il reste une personne qui ne prend pas sa part des réjouissances. Elle reste à quelques pas de tous les autres. Si on regarde bien le film, on peut la voir dans l'ombre de la cabane depuis le début de la scène. On lui a dit qu'elle devait s'imaginer les bras griffés par les ronces, les jambes couvertes de boue. Elle n'ose pas s'avancer. Il paraît que des mouches escaladent son visage, elle les chasse, elles reviennent s'accrocher à son menton, reprennent leur escalade. Est-ce qu'elle essaye vraiment de se cacher, ou est-ce les autres qui font exprès de ne pas la voir ? Et lequel d'entre eux, en premier, la montre du doigt ? Elle doit bien apparaître sur la vidéo, même si personne ne l'a cadrée très en détail, cette image existe où elle est debout, les poings serrés, avec sa tête pleine de nids d'insectes et de ronces, et sa bouche pincée, attendant que les autres se décident. On pourrait croire que ce visage hostile est un air de composition mais certains d'entre nous savent que c'est celui qu'elle se donne en dehors du spectacle, pour mettre au défi ceux qui lui refusent leur amitié. « Et Caliban ? » dit quelqu'un. « Quoi, Caliban ? » répond un autre. « Qu'est-ce qu'on fait de lui ? » Ils se mettent à débattre pour savoir si on le laisse ici dans l'île ou si on l'emmène, ils ne se rendent pas compte que cette discussion ne les regarde pas, Caliban appartient à Prospero qui tout à coup, comme en un mauvais rêve, semble se souvenir de l'existence de son esclave, et les interrompt tous : « C'est bon, c'est bon, il est à moi. » Il a parlé avec beaucoup d'irritation et un silence gênant résonne dans la clairière. Prospero se radoucit, il essaye de prendre un ton badin : « Allez allez… Vous tracassez pas mes amis, je connais bien ce voyou, je vais m'occuper de lui. » Caliban tape sa cuisse pour écraser encore une mouche qui se promène là. Ses yeux ourlés de noir sont humides, comme ceux des chevaux quand ils vous regardent de cet air qu'on croirait humain. Prospero (à l'assemblée) : « Vous êtes mes invités. C'est modeste ici, mais j'espère que vous serez bien… Allez donc vous reposer, on a un long voyage qui nous attend… » Il répète à voix basse, comme pour lui-même : « L'autre, je m'en occupe… Je m'en occupe. » On n'entend pas très bien tout ce qu'il dit, parfois il hausse la voix, ou reprend dans sa barbe. « Le dîner sera frugal, prenez soin de vous, n'y pensez plus ». Ils entrent un à un dans la tente et rezippent la porte derrière eux, laissant Caliban assis sur le tronc d'arbre, à attendre que sèche la boue du marigot. Prospero vient poser une serviette sur ses épaules et lui donne un biscuit sec que l'esclave ne mange pas et garde rêveusement entre ses mains noires. En rejoignant la cabane Prospero marmonne encore, « Je m'en occupe, mes amis », et « Allez, profitez bien, n'y pensons plus ». Elle reste assise sur le banc, bientôt elle est seule sur la scène, avec la serviette à moitié tombée de ses épaules et le biscuit entre ses mains. Les lettres au néon du nom PROSPERO, qui seules l'éclairent, lui font un visage bleuté. Je crois me rappeler du regard qu'elle porte sur le public, je crois aussi qu'elle se crève les yeux à essayer de déceler qui peut bien se trouver à l'attendre, dans l'obscurité des gradins.

Après les saluts, artistes et spectateurs, nous nous sommes tous retrouvés dans la cour pour le buffet. Les enfants s'étaient dispersés partout, certains encore en costume et maquillés, mêlés à des grappes de frères et sœurs courant et piaillant de toutes parts. Je me suis frayé un chemin jusqu'à la table, et j'ai rempli une assiette en plastique avec de la tarte aux épinards et à la menthe, de la salade de tomates, du houmous, tout ce qui pouvait me réconforter après l'effort en priant pour que cela ne voltige pas dans une seconde sur la trajectoire d'un coude ou d'un ballon perdu. Les gens étaient heureux de se retrouver et de se congratuler à propos de leurs enfants, la mère de Bastien est venue me voir pour me dire qu'il était moins timide depuis quelque temps, que même si sa diction était toujours difficile, il osait de plus en plus souvent prendre la parole, ce que l'orthophoniste considérait comme une condition décisive pour qu'il progresse. Pendant que nous parlions, on le voyait jouer au foot avec Mario, Farid et Marcel : il avait posé son chapeau à quelques mètres et tenait les buts entre deux platanes, rôle classique pour un timide, mais qu'il assumait avec un bel aplomb. Il avait gardé son maquillage de marin, les yeux et les sourcils charbonneux, et n'hésitait pas à donner des ordres quand il renvoyait le ballon. « Il n'a plus peur d'attirer l'attention », me dit sa mère avec autant de fierté que s'il venait de recevoir le prix Nobel. Alors que je me frayais un chemin vers les desserts, je vis aussi la mère de Romane qui arrivait dans ma direction et je cherchai à tout prix à échapper à ses récriminations, que j'imaginais d'avance : le maquillage allergène, la troisième scène de sa fille qu'il avait fallu couper et la partenaire qui n'était pas à la hauteur parce qu'elle oubliait son texte…

C'est à ce moment-là, en faisant un détour par l'arrière du théâtre, que j'aperçus Dom et Manu : ils étaient en pleine conversation avec la mère et le beau-père de Jo. Adeline avait une main comme d'habitude sur sa poussette, dont le petit avait pu s'échapper à quatre pattes pour aller examiner les qualités gustatives du sable de la cour. Et son autre main était posée sur Jo. Celle-ci ne bougeait pas – ne disant pas un mot, et ne regardant rien ni personne, elle était sous cette main à la fois aussi immobile et aussi absente qu'une statue. Son casque était resté accroché derrière sa nuque. Elle avait les poings, la bouche serrés. Elle avait elle aussi gardé son maquillage, ses cheveux laqués se dressaient sur sa tête et de temps en temps, la main de sa mère, qui parlait toujours à Dom avec beaucoup d'animation, quittait son épaule, passait dans ces cheveux et entortillait une mèche, mais Jo ne réagissait toujours pas.

Je me suis approchée, et mêlée au groupe, j'ai félicité tout le monde pour la prestation de Jo et Adeline a souri, son sourire n'avait en apparence rien de différent du sourire de la maman de Bastien cinq minutes plus tôt. Puis elle a baissé la voix et s'est penchée vers Jo pour lui proposer d'aller choisir un dessert et pour la première fois Jo a semblé entendre quelque chose, elle s'est animée, elle s'est écartée de sa mère, et je l'ai vue disparaître dans la foule entourant le buffet.

Dom, Adeline et son mari se sont mis à évoquer un nouveau contrat qui concernait un futur lotissement à Luminy. Il y avait du travail pour au moins un an, le mari d'Adeline proposait à Dom de faire partie du projet, et Dom disait oui, ça lui plaisait à fond de participer. Le mari d'Adeline lui donnait le champ libre pour l'organisation, « tu embauches qui tu veux ». Ils ont trinqué avec les verres de rouge qu'ils avaient remplis au cubi. « Mais », il y avait un « mais » : « La seule chose, tu ne travailles plus avec le père de la petite, je n'en peux plus de cet Arabe, toujours à mettre son nez dans mes affaires, lui tu l'oublies, je veux plus lui donner de travail à cet enfoiré. » Et Dom a répondu : « Je travaille plus avec Ahmed de toute façon. » Le mari d'Adeline a regardé autour de lui : « Je veux même plus entendre son nom, à cette fouine, après ce qu'il est allé dire à la police à propos d'Adeline. »

Je me suis éloignée du groupe, et me suis mise à chercher Ahmed dans la foule. Je n'osais pas demander aux gens, j'allais d'un groupe à l'autre. Il avait promis à sa fille qu'il serait là mais je savais bien que je ne le trouverais pas, la présence d'Adeline suffisait à en être sûr. Pourtant j'ai insisté, pendant de longues minutes j'ai fait plusieurs fois le tour du théâtre, entre les ballons qui fusaient, dans le brouhaha, en circulant entre les mômes en costume de marin et les parents à moitié éméchés, par moments j'acceptais de m'arrêter pour faire un brin de conversation et pour féliciter, embrasser, dire adieu.

On a commencé à entendre de temps en temps une voiture qui démarrait dans la rue devant le théâtre, c'étaient les familles les plus raisonnables qui levaient le camp pour aller prendre des bains, se calmer à la maison, se mettre au lit, rêver. Les moteurs résonnaient dans la rue trop étroite. Les guirlandes lumineuses se sont allumées peu à peu dans la cour.

À un moment, je me suis retrouvée seule. Le monde était devenu beaucoup plus silencieux et beaucoup plus noir, et il m'a semblé que la journée, le spectacle, la fête, avaient déserté le rivage dans des barques invisibles qui dérivaient déjà très loin, et nous abandonnaient sans aucune ressource. J'avais l'impression que je n'avais pas dit au revoir à tous les enfants, ils étaient repartis avec leurs familles et je me suis rendu compte que pour la plupart, je ne les reverrais pas.

Manu s'est approchée de moi, dans sa robe noire collée de transpiration. Et elle m'a dit à voix basse, elle semblait avoir peur que quelqu'un nous entende : « Est-ce que tu as vu Joséphine ? » J'ai entendu encore un moteur qui démarrait doucement et quittait la petite rue étroite et malcommode. Je scrutais désespérément l'air bleu de cette nuit d'été, strié par l'or des réverbères, et je ne voyais plus personne sauf la mère de Jo qui fumait nerveusement à côté de la poussette, et le beau-père qui discutait un peu plus loin avec Dom. Manu a passé son bras sous le mien et m'a emmenée un peu plus à l'écart : « Ça fait une demi-heure qu'on la cherche. Est-ce que tu as vu Jo ? »

On dirait qu'une seule nuit baigne tout. Le jour, les lieux et les époques me semblent bien distincts mais quand le soir tombe ici je crois retrouver la même eau dans laquelle tout a eu lieu, et continue d'avoir lieu. J'oublie le décor parisien et ses mâchoires d'immeubles jaunes et humides qui font siffler le vent, la pénombre les absorbe et laisse apparaître cette autre ville tiède dont les toits se prolongent dans les mâts des bateaux, où le bruit de la mer et son odeur, ses promesses miroitantes et salées peuvent surgir sans qu'on s'y attende au bout d'une avenue.

On se met à attendre dans la ruelle devant le Théâtre d'Été, sous la lumière jaune des réverbères. Adeline insiste : « Vous allez voir, je la connais, elle va finir par revenir. » Par moments nous essayons d'agir ou de nous donner l'impression d'agir en allant explorer telle ou telle rue du Panier mais on a beau faire on attend, et les heures tournent dans cette nuit qui est l'envers du monde, ses coulisses, cette nuit de souterrains poisseux où sont gardés pour toujours les décors et les événements les plus indésirables. C'est la même nuit qui les conserve ici à Paris dans le froid humide et là-bas, hier et aujourd'hui, avec des collections d'accessoires de scène en fer et en plastique, de masques et de mots imprimés qui ne suffisent pas à livrer ce récit, qui ne gardent pas l'odeur de l'été ni le timbre des voix, qui ne savent pas assez bien faire entendre le battement d'ailes affolé de la peur et de l'espoir se combattant dans la petite rue.

Ces choses-là, vivantes, ne se retrouvent pas dans les réserves du souvenir. Et l'obscurité bruit de paroles qui sont insaisissables : les moments où l'on s'est organisés pour chercher Jo en se confiant chacun une partie différente du quartier, le moment où Dom a voulu qu'on appelle la police et où il a accepté d'attendre sous la pression des parents, les insultes proférées, ou les autres mots qu'on se dit quand on se croise pour se donner du courage… Ces mots sont difficiles à retracer, il reste d'eux à peine des ombres projetées sur le ruban d'asphalte par les lumières artificielles et ces ombres sont beaucoup plus décharnées, tremblantes et fausses, que ce qui fut dit, et entendu. Elles ressemblent aux fils de fer entortillés, noirs de suie, qu'on retrouve dans l'herbe après un feu d'artifice. Aux armatures carbonisées des bateaux qui se balancent sur l'onde après l'attaque, sans voiles, et sans marins.

Comme la dernière fois, on a essayé d'appeler les parents qui étaient rentrés pour leur demander s'ils avaient vu Jo ou si elle était avec eux, mais personne ne savait quelle direction elle avait prise. Il est un peu tard déjà, on s'excuse pour le dérangement, on souhaite une bonne nuit…

On cherche à l'intérieur du théâtre. Mais ni dans les coulisses, ni dans les gradins, on ne trouve trace de la petite. On n'a pas encore rangé la scène et les coulisses et on retrouve abandonnés dans le silence les décors, les accessoires et les costumes, les plumes et les paillettes, les palettes de maquillage. On crie partout le nom de Jo, personne ne nous répond. On explore à nouveau la cour, la scène et les coulisses, on se répartit les ruelles du quartier.

Enfin on se retrouve : il y a Manu et moi, Dom et le beau-père de Jo adossés ensemble devant la grille, et la mère, Adeline, qui fait des allers-retours dans la rue au rythme amorti de ses Air Max, les bras croisés sur sa poitrine – la voisine est venue chercher le petit et l'a ramené avec elle, et le fait de voir Adeline sans sa poussette est troublant, ça la rajeunit on dirait, elle se tient plus droite, en même temps sans ces cannes et ces roulettes elle a l'air plus fragile. Elle ne nous parle pas.

Soudain, Dom appelle : « Arrêtez, silence, j'entends pas, attendez… » Il lève une main pour qu'on cesse de parler et alors on entend nous aussi. Ça sonne. De l'intérieur du théâtre nous parvient la sonnerie du téléphone, celui du hall qui sert toute la journée à faire la liaison avec les parents, à passer des commandes pour le matériel, les coups de fil administratifs… La porte est ouverte et Dom se précipite, il décroche. Il ne parle pas longtemps, une minute, deux minutes maximum, et il revient. « C'étaient les parents de Marcel. » On se rassemble tous autour de lui : « Elle est chez Marcel ?
– Non, mais ils disent que Marcel n'arrivait pas à dormir, et qu'il est venu leur parler du fait qu'il y avait eu quelque chose entre Jo, Mario et Romane. Une dispute… Il dit qu'en fait Joséphine est peut-être encore dans le théâtre. » Puis Dom est retourné dans le hall : « Je dois téléphoner aux parents de Romane. »

Romane est arrivée une demi-heure plus tard, avec sa mère et son père. Elle était restée en pyjama « pour aller plus vite » a dit sa mère, parce qu'elle avait quelque chose d'urgent à nous dire. Romane est restée devant nous, son pyjama décoré avec une lune et des étoiles était ravissant, son visage un peu pâle d'avoir été réveillée, elle a regardé la pointe de ses ballerines pendant quelques secondes, puis elle a dit : « Avec Mario, on a enfermé Jo dans le local à tapis. » Et on a répondu que non, qu'on avait regardé, qu'on avait appelé, et Romane a jeté un regard inquiet vers la mère de Jo qu'elle a essayé d'ignorer, elle a rentré les épaules et elle a ajouté : « Elle nous a dit qu'elle ne voulait pas rentrer chez elle, alors on s'est moqués d'elle. On a voulu lui faire une blague. » Elle s'est arrêtée dans son élan. Elle regardait à travers la nuit, elle a tourné la tête du côté des grilles et des platanes comme si elle cherchait l'aide d'on ne sait quel brigand caché entre les arbres, puis elle a soupiré : « On l'a poussée à l'intérieur avec Mario, on l'a enfermée, et on a caché la clef. – Eh ben donne la clef maintenant ! » C'est Adeline qui a parlé, elle pleurait et elle criait en même temps, et son mari serrait son bras pour essayer de retenir sa colère, « Allez, donne ! » Et se tournant vers lui : « Pourquoi elle nous répond pas quand on l'appelle, cette tordue, si elle est encore dans son placard ? » Et Romane a encore fui son regard, elle a tourné la tête du côté de Dom et elle a dit : « Le problème c'est que c'est Mario qui a la clef. » On n'a pas compris sur le coup ce que cela voulait dire, et la mère de Romane a traduit : « Mario, on ne sait pas chez qui il est ce soir. Il faut appeler les autres, pour voir qui l'a invité à dormir. »

Adeline est allée avec Romane devant la porte du local, et cette fois c'est Romane qui a appelé Jo. Devant la porte, elle a crié : « Je leur ai dit que t'étais là, Jo ! C'est bon, on va retrouver la clef. » Et à l'intérieur, on a enfin entendu la voix de la petite fille… C'était une voix minuscule, et calme, une voix qui aurait tout fait pour ne pas qu'on la remarque. Elle a répondu : « D'accord… » Romane lui a demandé : « Tu vas bien, Jo ? » Et Jo a dit : « Oui. » Et c'est tout, après ça, elle n'a plus parlé. La mère de Romane disait à sa fille « Mais vous l'avez vraiment enfermée là-dedans ? Ça va pas la tête ? Vous vouliez qu'elle y passe la nuit ? » Dom tempérait : « C'est complètement sans danger à l'intérieur. C'est que des tapis et des cerceaux… » Et Romane répondait : « On voulait faire une blague. Il faut trouver la clef, elle a dit qu'elle va bien… » Mais elle a éclaté en sanglots à ce moment-là, en répétant « Elle a dit qu'elle va bien ».

Dom est retourné dans le hall. Il a pris la liste des numéros de téléphone des parents, il les a appelés un par un. Mario n'était pas chez Farid. Mais Farid, tiré du lit et titubant jusqu'au combiné, a dit qu'il était peut-être chez Leslee. Puis chez Leslee : rien. Alors Romane qui était restée à côté de Dom a dit que c'était n'importe quoi, qu'il ne pouvait pas être chez Leslee, « pas chez une fille ». Dom s'est énervé, « Essaye de savoir alors, il est où Mario ? » Et Adeline, à côté : « Elle est où la clef du placard ? »

D'autres coups de fil dans la nuit. Des enfants qu'on secoue au milieu de leurs rêves, qu'on interroge. Les mains tâtonnent vers les interrupteurs, les lampes s'allument et font briller les yeux des ours en peluche, et ceux des stars de foot et des divas Disney aux paupières violettes qui sont scotchées aux murs, et les yeux des enfants qui se redressent en bâillant. Certains sont appelés jusqu'au combiné, dans les maisons, dans les appartements, ils disent : « Je sais pas. – Et tu sais si Mario s'est disputé avec Joséphine, tout à l'heure ? Tu n'as rien vu ? – Je sais pas. » Des voix adultes reprennent le combiné en disant « Va te recoucher ». Puis : « Comment, vous savez pas ? Il a pas des parents ce petit ? »

Finalement, Dom a essayé Bastien. C'était très improbable, comme association, Mario-Bastien, un peu comme Casimir et Dark Vador, mais il fallait essayer. La conversation avec sa mère a duré assez longtemps, elle était visiblement entrecoupée de questions et d'apartés avec d'autres interlocuteurs, et quand il a raccroché Dom a dit : « Ils habitent pas loin. Ils arrivent. »

Et Bastien, et Mario, sont venus dans la cour avec la mère de Bastien. Ce dernier était en pyjama mais Mario était tout habillé, il n'avait pas d'autres affaires puisque l'invitation s'était improvisée à la fin de la fête… Les trois enfants, Romane, Bastien et Mario, se sont regroupés et Mario a tiré de la poche de son jean la clef du local.

Quand Dom a poussé la porte, Jo était assise dans le noir. Il a dû allumer la lumière et on l'a vue qui tenait ses genoux remontés, les poignets posés dessus et qui attendait, dans cette posture, qu'on lui ouvre.

Ça a pris quelques secondes ensuite pour qu'on accepte de voir ce qu'on avait sous nos yeux, que toute cette laideur n'était pas qu'une illusion, mais qu'on pouvait la toucher. Quelqu'un, Manu je crois, a dit : « Mais qu'est-ce que vous avez fait ? » Et les enfants ont reculé derrière dans le couloir, ils ont voulu retourner dans le hall mais Dom les a rattrapés, « Vous êtes des monstres ou quoi ? » Et la mère de Romane s'est accroupie à côté de Jo, en répétant, « Ça va aller, ça va aller » et « On va t'enlever tout ça ». Adeline a hurlé pour qu'on rallume, parce que la minuterie s'était arrêtée, on a relancé le compteur, et on a vu : les poignets de Jo étaient attachés très serré. Les enfants avaient utilisé le gaffer gris qui servait à régler les éclairages électriques, et ils avaient aussi barré son front avec le même truc, toute sa tête était entourée de ce bandeau plastifié. Il y avait aussi des dessins et des inscriptions sur son visage et sur ses bras : une bite graffitée sur la joue, un « Je suis moche ». Et le mot : « Bête ». En nous voyant tous dans l'encadrement de la porte, elle s'est levée, elle s'est secouée. Adeline s'est précipitée vers elle et l'a enlacée longtemps, elle l'a tenue serrée contre sa poitrine, en pleurant. Et nous, qui restions en arrière, nous pouvions voir le visage de Jo par-dessus l'épaule de sa mère : Jo ne pleurait pas. Elle ne tremblait pas comme les autres enfants habités par leur forfait, elle ne semblait pas être triste ou avoir peur. Elle n'exprimait rien.

Louise Kosice lui a demandé si elle avait faim ou soif, et Jo a répondu que non. Si elle voulait aller faire pipi, et Jo a accepté que cette dernière l'accompagne aux toilettes, pendant qu'Adeline essuyait ses larmes et essayait de se calmer. Louise est revenue avec Jo qu'elle avait également débarbouillée, elle avait frotté autant qu'elle avait pu les dessins et les inscriptions pour les effacer, elle avait passé ses joues à l'eau fraîche et ses cheveux bruns étaient tout humides encore autour de son visage. Elle n'avait pas réussi à enlever complètement le bandeau de gaffer, qui restait attaché, pour la partie qui avait été collée dans ses cheveux.

Les autres enfants attendaient adossés contre le mur. En revenant Louise a dit : « Et ? » Et Romane s'est approchée de Joséphine, elle lui a pris la main et elle a prononcé : « Pardon, Jo. » Et Jo ne disait toujours rien. Mario aussi s'est approché, il ne lui a pas pris la main mais il a demandé pardon à son tour. Puis il a voulu savoir si on allait appeler ses parents à lui, il craignait beaucoup ce qu'on allait leur dire. Louise a dit que les enfants seraient punis pour ce qu'ils avaient fait, qu'elle y veillerait. On s'est tous séparés dans la nuit. Joséphine s'est éloignée avec sa mère et son beau-père, main dans la main avec sa mère.

Le lundi suivant, Manu, Dom et moi, nous nous sommes retrouvés pour remettre en ordre le théâtre où ne venaient plus les enfants. La matinée était bien avancée quand le téléphone a sonné dans le hall, une fois de plus, et Dom est allé décrocher. Il a écouté, il est resté quelques minutes silencieux. Puis il est revenu et nous a annoncé que Joséphine était « tombée sur la tête dans les escaliers ». Et comme on ne répondait pas, comme on semblait ne pas comprendre Manu et moi, il a ajouté qu'il s'agissait de l'escalier « en béton » qui menait de la terrasse haute, chez Adeline, à la partie ensoleillée du jardin où était la piscine. Elle était tombée « la tête la première » lors d'une course-poursuite avec son frère, « contre l'arête de la marche ». On s'est regardées avec Manu, toujours sans commenter, sans poser de questions, et Dom a fini : « Elle est morte à l'hôpital ce matin. »

Il est allé éteindre la radio qui chantait je ne sais quoi sur une chaise. Puis il est allé chercher un escabeau, et il est monté décrocher l'affiche du spectacle sur la grande poutre centrale, il l'a pliée et l'a posée dans un coin. On a éteint les lumières. On est sortis sur le perron tandis que Dom refermait les deux battants en bois de l'entrée principale et leur donnait un tour de clef.

Dehors, le soleil était éblouissant et sa lumière nous a absorbés tous les trois tandis que nous quittions les lieux. Il a aussi comme effacé cette cour que nous étions en train de traverser, et ce théâtre, où je ne suis jamais revenue.

* * *

Après la visite de Manu l'autre jour, je lui ai téléphoné. Je lui ai demandé si elle croyait, aujourd'hui, que les enfants savaient ce qui se passait dans la famille de Joséphine et s'ils en parlaient entre eux. Elle a réfléchi un instant, puis elle m'a répondu : « Les assassinats, ça n'existe pas sans témoins. » J'étais d'accord, mais cela rendait plus difficile encore et plus concrète ma question suivante qui était : « Est-ce que tu en as parlé à tes enfants ? » Parce que j'avais peur de la façon dont mes filles me jugeraient. Manu m'a répondu oui, et j'ai su ce qu'il me restait à faire. Il était tard, et ce ne serait pas pour cette fois et peut-être pas non plus pour demain, je ne sais pas encore de combien de temps j'aurai besoin pour parler à Lina et à Amel, mais je sais qu'il faudra elles aussi les tirer du sommeil, les arracher aux rêves dans lesquels on sait les choses depuis toujours sans dans les nommer. Je demanderai peut-être l'aide de Sofien pour trouver certains mots, pour ne pas monologuer trop longtemps et faire la part de certaines explications ou de certains silences, mais il me semble qu'il faudra bientôt que je leur raconte.

Pour Manu et moi, le témoignage avait commencé, trop tard, mais il y a longtemps déjà. Le commissariat nous a appelées quelques jours après le décès de la petite fille parce qu'à l'hôpital, les urgentistes avaient trouvé sur son corps « des lésions qui semblaient antérieures à la chute ». Manu et moi avons dit la vérité sur nos doutes. On a parlé de la fugue de Joséphine Voulant deux semaines avant sa mort. On a parlé des blessures qu'on avait vues le jour de la sortie dans la calanque et on a dit que Dom avait prévu d'appeler les services sociaux à ce moment-là. Mais l'adjoint au commissaire qui nous interrogeait nous a dit qu'il ne l'avait pas fait. Que jamais n'avait été enregistré un signalement de la part de Dominique Müller.

Manu et moi nous sommes rentrées à Paris, on a suivi de loin ce qui se passait. Manu a rappelé l'adjoint qui nous avait reçues, il a dit qu'ils avaient interrogé d'autres parents, et plusieurs enfants, mais que « personne n'était sûr de rien ». La petite fille était très solitaire, a-t-il dit à Manu, et elle a répondu, « Je sais. Et la mère ? » Adeline avait été interrogée longtemps, après l'enterrement de sa fille. Elle pleurait beaucoup. Elle était visiblement traumatisée. Et son petit cadet, le garçon, allait bien : il fallait qu'elle s'en occupe.

La rentrée universitaire est arrivée. On a repris nos études toutes les deux, en se voyant de moins en moins, et en n'ayant aucune nouvelle de Dom. En se renseignant, en appelant la mairie, on a su que les cours de théâtre ne reprenaient pas avec la nouvelle année, ni l'été suivant. Les parents qui avaient appris ce qui s'était passé avaient dû détourner leurs enfants de cette activité. Ou Dom n'avait peut-être même pas essayé de relancer l'association.

Après ses études, Manu a déménagé à Toulouse pour son premier boulot, elle a rencontré son mari et est restée là-bas. Quant à moi…

En arrivant dans mon service ce matin, on m'a annoncé que Dominique Müller était mort. « Tu peux le voir dans sa chambre », m'a dit Sophie pendant que je posais mes affaires sur mon bureau, le gros sac de sport où je range tout le fatras pour la journée, mon casque et ma selle de vélo, et le pléthorique trousseau de clefs sorti de ma poche. Ce qu'elle veut me faire comprendre c'est qu'il faut se dépêcher pour aller voir Dom car on ne va pas le garder longtemps, les places étant rares dans le service, et parce qu'il est dangereux de garder un corps qui se corrompt, « Ils ne vont pas tarder à l'accompagner à la chambre mortuaire. » J'acquiesce, « Je vais venir le voir tout de suite » – et les mots de cette phrase ont tellement changé de sens depuis hier que je ne les reconnais plus, ils sortent de ma bouche comme les batraciens et les lombrics que crachent certaines princesses de légendes, dont la parole est maudite. Pourtant le couloir sent toujours le chlore et les antibiotiques, tout l'arsenal dont nous disposons ici pour combattre les armées de la mort, pour asperger les carapaces lustrées, les mandibules, les ailes translucides et les yeux à facettes qui sont dans ses cortèges. « Est-ce que vous avez prévenu sa famille ? – Oui. Le décès a été prononcé à cinq heures du matin, et nous les avons appelés dès le début du service de jour. » Ses proches allaient arriver en début d'après-midi, en même temps que l'entrepreneur chargé du transport jusqu'à Marseille. Ainsi il a déjà son billet pour le Sud avec les bienheureux ou avec les damnés, « C'est bien », je n'écoute déjà plus.

J'entre dans la chambre. Je m'assois près du corps en veillant à ne pas faire de bruit, pourquoi ces précautions puisqu'il n'entend rien, je parle quand même à voix basse, « Tu peux me laisser, Sophie ? » Ils lui ont retiré les sondes et ont placé ses bras sous la couverture, un peu de peau déjà livide dépasse entre celle-ci et les manches du tee-shirt, où l'on aperçoit les volutes vertes et bleues de son tatouage. Ils ont écarté les mèches qui étaient collées sur son front, et remonté son buste sur deux épais oreillers qui recueillent la lumière autour de son visage. Dom a été bien soigné ici, loin de toutes les relations qu'il voulait fuir. Il a reçu tous les traitements dont nous étions capables, et à présent il ressemble à un morceau de bois gris.

Sur la table de chevet, son smartphone est posé et émet encore de temps en temps une petite vibration, un rayon rouge. J'attrape le téléphone, je n'arrive pas à l'éteindre, ça m'énerve, je descelle la batterie, et repose l'appareil enfin inerte.

Sophie a rassemblé ses affaires, qui tiennent toutes dans un sac de voyage à côté de son lit, qu'elle n'a pas fermé. Dans ce sac, au-dessus des vêtements, est posé un livre : c'est l'exemplaire griffonné de *La Tempête* de cet été 2000. Et entre les pages du livre, j'ai trouvé un document un peu usé, une vieille photocopie, que j'ai dépliée pour la lire.

C'était le papier de la mairie avec la liste des noms, celle, manuscrite, qui avait recueilli les inscriptions des enfants au fil des mois de mai et de juin 2000, où quelques parents marseillais qui ne partiraient pas en vacances cet été pour une raison ou une autre, tracassés à propos des activités de leur enfant, se rendaient au guichet de la jeunesse et des loisirs pour prévoir un stage de théâtre qui avait bonne réputation. Ce papier rassemble autant d'écritures qu'il y a de noms, des encres variées et des graphies disparates forment les vingt lignes du document que j'ai eu à nouveau sous les yeux. Chaque parent a ajouté, comme il était demandé, la date de naissance de son enfant. Voici cette liste :

Antoine Barry (14/06/1990)
Marcel Huang (3/04/1990)
Morgane Toyen (8/05/1989)
Romane Kosice (13/05/1989)
Raphaël Benefro (20/01/1990)
Bastien Terreno (12/02/1991)
Paul Velasco (2/07/1988)
Léa Austral (15/03/1990)
Louise Assaiante (27/07/1990)
Farid Lashai (9/03/1989)

Perrine Autiero (8/11/1989)
Joséphine Voulant (10/09/1990)
Mario Kotchar (7/11/1989)
Bilel Gadi (16/03/1988)
Aimé Richardson (6/08/1989)
Alice Ozenfant (24/10/1990)
Ahmed Cherkaoui (3/12/1990)
Tia Leclercq (10/06/1989)
Félice Casorati (7/04/1989)
Leslee Serna (8/12/1989)

Aucun d'eux n'est plus un enfant. Si je les rencontrais, je ne sais pas, aujourd'hui, si je les reconnaîtrais.

Voilà ce que Dom a ajouté dans les pages du livre. En feuilletant un peu la pièce de William Shakespeare je sais aussi que je pourrais trouver cette phrase, prononcée par un naufragé : « Celui qui meurt a payé ses dettes. » Je ne sais pas si c'est vrai. Certaines dettes sont beaucoup trop élevées pour qu'on en vienne jamais à bout.

J'ai détaché l'énorme cadenas de mon vélo, je l'ai poussé sur les pavés sautillants de la cour et j'ai filé en direction de chez moi. Il n'y a plus de petite fille assise sur mon vélo. Elle est restée dans cette nuit et nous aussi je crois, plus ou moins retenus dans ce marécage.

À la fin de la pièce, Prospero est seul sur la scène, à demander pardon pour s'être vengé d'une façon aussi sauvage, et pardon aussi si par endroits le spectacle qu'il a donné, les fantasmagories qu'il a fait naître de son imagination et de sa magie, n'ont pas toujours été à la hauteur.

Et juste après, on salue. Dom appelle les enfants depuis la scène et ils arrivent en courant, certains ont déjà remis leur jean, d'autres ont encore leur sourire percé de dents en papier alu qui étincellent, ils arrivent tout à la fois côté cour et côté jardin, se précipitant entre les rideaux noirs. Certains sont trop timides, au début Bastien, mais aussi Farid, restent en arrière, bras immobiles le long du corps, comme si leur costume s'était changé en plâtre. Alors je vois Dom qui fait un pas en arrière, qui vient les chercher, en prend un dans chacune de ses mains et cela donne le signal, toutes les petites mains s'attrapent et les enfants s'alignent, tous les bras se tendent bientôt sur une seule rangée ondoyante qui s'avance à pas inégaux vers le bord de la scène. À ce moment-là, l'éclairage se fait dans la salle et le public apparaît tout entier, vingt rangées de parents et d'amis venus dans cette salle de théâtre pour l'unique représentation et qui les couvrent d'applaudissements. Les projecteurs braqués dans leurs yeux ne permettent toujours pas aux enfants de se faire une idée claire de qui est là ou de qui n'est pas là mais ils tendent le cou, ils clignent des yeux, ils guettent.

Manu et moi, la robe noire, la robe rouge, nous arrivons les dernières, tenant entre nos mains les mains de Joséphine. Nous rejoignons la ligne que forment tous les autres, nous insérons nos mains entre d'autres mains. Jo aussi scrute les visages dans la salle, et quand nous nous penchons, elle se penche avec nous. Elle doit regarder avec une anxiété que nous ne mesurons pas. À un moment, tout le monde se lâche les mains et nous applaudissons, nous sommes toujours éblouis. Derrière les gradins, existent des milliers d'autres rangs où figurent des visages invisibles que nous croiserons dans nos existences futures et que nous ne connaissons pas encore, la plupart que nous ne croiserons peut-être pas plus d'une fois et d'autres beaucoup plus rares qui sortiront de la foule, qui viendront nous chercher, des amis, des amoureux, des enfants, pour nous prendre dans leurs bras, ou nous insulter, nous dire à l'oreille des mots tendres ou haïssables, comme cela se fait dans l'intimité. Mais pour l'instant il n'y a que les personnes ici même dans la salle et nos regards creusés par les trois cents watts des spots se plongent dans les gradins et guettent péniblement les parents et les amis. Tandis qu'ils reconnaissent leurs visages il devient de plus en plus difficile à chacun de se concentrer et la chaîne des bras se désynchronise, et se défait, Bastien agite son chapeau, Farid et Félice montrent du doigt leurs familles. Puis la voix de Dom les rappelle, leurs mains s'attrapent de la façon qu'on leur a apprise ces dernières semaines, ils sourient et se redressent, avancent une nouvelle fois tous ensemble jusqu'au bord de la scène et comme une seule et même vague parvenant enfin au rivage, d'un seul mouvement ils se courbent, leurs mains tenues les unes aux autres touchant presque le sol, leurs cheveux collés sur leurs petits crânes par la sueur et les teintures fantaisistes, vert ou or comme les algues de l'océan ou les princesses napolitaines, ils s'inclinent devant les autres qui les applaudissent, les visages émus des mères dont les voix leur parviennent sans qu'ils puissent les localiser, les bravos paternels sonores percés par les aigus des petits frères et des petites sœurs. Entraînés par Dom nous nous baissons encore. Puis on se lâche les mains, on s'applaudit les uns les autres et on se penche une dernière fois, on salue.

Table

RÉALISATION : NORD COMPO À VILLENEUVE-D'ASCQ
IMPRESSION : CPI FRANCE
DÉPÔT LÉGAL : JANVIER 2020. N° 141082 (3036237)
IMPRIMÉ EN FRANCE